mars 2019

W0238726

MEURTRE AU SALON VERT

Déjà parus

Crime chez la reine
Royal chantage
Triple crime chez la princesse
Disparitions au palais

MARGARET RING

MEURTRE AU SALON VERT

Traduit de l'anglais
par Philip Whale

L'Inspecteur Buckingham

ÉDITIONS DU ROCHER
Jean-Paul Bertrand
Éditeur

Titre original : *Murder in the Green Lounge*.

Tous droits de traduction, de reproduction et d'adaptation réservés pour tous pays.

© Éditions du Rocher, 1995, pour la traduction française

ISBN 2 268 01884 9

1

Le prince Charles s'approcha du vieil écrivain et lui tapa amicalement sur l'épaule.

– Ça marche les ventes, mon cher Osborne ?

– Un peu, Votre Altesse royale, un peu. Moins que d'habitude. Je ne rencontre pas ici tout à fait mon public.

– C'est vrai, Osborne, j'ai organisé cette vente d'ouvrages d'architecture au Palais de Buckingham pour faire connaître les nouvelles théories en matière d'urbanisme. Le public qui vient ne s'attend pas à rencontrer un romancier.

– Voilà, Votre Altesse, voilà la raison de ma déconvenue.

Richard Osborne jeta un coup d'œil mélancolique sur les stands de ses voisins, auteurs d'ouvrages sur le renouveau de l'architecture traditionnelle – marotte du prince Charles qui haïssait l'architecture dite « moderne ». La foule les assiégeait. Son stand à lui ne recevait guère de visiteurs.

– Bien sûr, vous n'êtes pas architecte mais romancier, poursuivit le prince Charles. Je vous ai pourtant invité à cette vente parce que le personnage principal de votre dernier roman, *La Maison maudite*, est un architecte. Un sale type qui non seulement passe pour être avide et arriviste, couche avec la femme de son meilleur ami, mais qui, par-dessus le marché, défend cette architecture prétendue moderne qui défigure l'Angleterre.

Le prince jeta un coup d'œil méprisant sur la grande maquette d'une tour de verre et d'acier qui dominait le Salon Vert où avait lieu la vente. Au pied de cette maquette un écriteau portait cette légende : « Ce que nous ne voulons plus voir dans notre chère Angleterre. »

La reine avait volontiers cédé à la prière de son fils et l'avait autorisé à organiser ce 10 juin 1994 cette vente dans le Salon Vert. Pour une fois que l'héritier du trône s'intéressait à autre chose qu'au polo, à la pêche au saumon et à l'adultère ! Certes les convictions du prince en matière d'architecture étaient un peu passéistes. Ne voulait-il pas revenir à des conceptions traditionnelles et jeter l'anathème sur tous les buildings en verre, acier ou béton construits à Londres depuis la guerre ! La reine sentait bien que cela allait à contre-courant du progrès, mais comme tous les Britanniques, elle sympathisait avec ces théories qui flattaient leur nostalgie de la vieille Angleterre.

Une jeune femme d'une trentaine d'années, vêtue d'un jean assez mal assorti avec son chemisier en dentelles, s'approcha.

– Permettez-moi, Votre Altesse royale, de vous présenter mon attachée de presse, Mlle Cynthia Lemon, dit Richard Osborne.

Le prince Charles adressa à la jeune femme un signe de tête qui pouvait paraître désinvolte, mais son œil pétillait. Osborne le remarqua et retint un sourire. Tout le monde savait, depuis la révélation de son aventure avec Camilla Parker Bowles, que le prince ne résistait pas aux brunes dans la trentaine, surtout quand elles étaient faites au moule, ce qui était également le privilège de Cynthia Lemon. Elle avait, bien entendu, une physionomie des plus charmantes – une obligation professionnelle pour une attachée de presse – et aussi de grands yeux noirs très candides – en apparence du moins.

– C'est l'heure de votre thé spécial, M. Osborne, annonça Cynthia Lemon d'une voix mélodieuse.

Le prince Charles émit un petit rire.

– Dois-je comprendre par là que c'est l'heure de votre whisky, mon cher Osborne ? Vous avez là une attachée de presse d'une remarquable discrétion.

– Hélas, soupira Richard Osborne, ce thé spécial n'est que mon médicament, un sédatif pour le cœur. Je n'en parle pas volontiers car je n'ai pas envie qu'on me prenne pour un vieux croûton égrotant. Cynthia est une personne très délicate.

Richard Osborne hocha la tête d'un air résigné. Il remarqua qu'on lui faisait signe d'un stand situé de l'autre côté de l'allée et répondit par un salut de la main et un sourire contraint.

– Vous le connaissez ! s'étonna le prince, c'est pourtant un homme que vous devriez détester. De tous les architectes écrivains ici présents, c'est le seul qui prône l'architecture dite moderne. Je l'ai invité pour qu'on n'accuse pas le Festival du livre d'architecture d'être trop sectaire. Je tiens pourtant cet homme pour un danger public.

– Vous avez raison, Votre Altesse royale, ce Jim Simpson est une menace pour nos villes et nos villages. Je le hais. C'est lui le « vilain » de mon roman *La Maison maudite*.

Le prince eut un nouveau petit rire.

– Vous le détestez vraiment beaucoup ! Est-ce seulement à cause de son engagement dans l'architecture moderne ?

– En grande partie, Votre Altesse royale, quoiqu'il y ait aussi une raison en quelque sorte secondaire.

– Vous n'aimez pas ces cheveux bouclés ?

– Ce que je n'aime pas, c'est de penser que ma femme Deborah passe peut-être sa main dans ces cheveux bouclés.

Richard Osborne eut un mouvement brusque qui renversa la pile de *La Maison maudite* placée devant lui.

– C'est une pensée bien désolante, murmura le prince Charles qui parut alors réfléchir à ses déboires personnels. La presse populaire avait récemment révélé que son épouse, la princesse Diana, tenait au téléphone de longues conversations sentimentales avec le major James Hewitt, un athlétique officier des Life Guards.

– Bien désolante, approuva Richard Osborne, surtout si l'on pense que ce misérable a couvert la banlieue de Londres d'affreux immeubles à bon marché. Mais j'ai dit et répété à ma femme que je refusais de divorcer.

– Et dire, murmura le prince Charles par-devers lui, que les Life Guards sont un régiment de sécurité de la famille royale !

– Pardon, que disiez-vous, Votre Altesse royale ?

– Rien, non, je récitais un vers de Keats... Ah, je vois votre charmante épouse qui s'approche, Osborne, je vous laisse.

L'attachée de presse se pencha à l'oreille de l'écrivain.

– Votre femme apporte le médicament, monsieur Osborne. N'oubliez surtout pas de le prendre. Midi, c'est l'heure. Vous risquez sans ce sédatif cardiaque un grave malaise. Votre médecin me l'a répété. Toutes les six heures, sous l'effet de la fatigue, votre cœur se met à battre trop vite. Et rien n'est plus fatigant qu'une vente de livres. C'est une telle tension pour un auteur de voir défiler devant lui tous ces acheteurs potentiels !

– Oh oui ! Cynthia. Surtout quand aucun d'eux n'achète votre livre !

L'attachée de presse se pencha encore à l'oreille d'Osborne.

– Ne vous faites pas tout ce souci, Richard. Ce n'est pas votre public, vous le savez bien.

Elle prit sous la table la main du vieil écrivain et la serra furtivement.

L'inspecteur Buckingham (son vrai nom était John Smith, mais on l'avait ainsi surnommé au Palais parce qu'il avait prétendu au moment de son engagement, non par vanité, mais pour se faire valoir aux yeux de la reine, qu'il descendait, par les femmes, du duc de Buckingham) était allé jeter un coup d'œil dans le Salon Vert sur ce petit festival du livre d'architecture. Par curiosité. La surveillance de cette paisible manifestation n'entrait pas dans les attributions du Royal Protection Group, la section de Scotland Yard chargée de la protection de la famille royale, dont il faisait partie depuis trois ans. Les architectes étaient des gens tranquilles, peu susceptibles de jeter le trouble dans le palais comme auraient pu le faire de véritables écrivains, tous portés, comme maints exemples de l'histoire littéraire le prouvaient, à s'enivrer, à lancer des déclarations subversives et à lutiner les serveuses. Il n'y avait d'ailleurs pas de serveuses à cette vente, mais des « hôtesses », dont, il est vrai, la tâche principale consistait à apporter à boire à ces messieurs les architectes écrivains.

L'inspecteur remarqua particulièrement dans un des stands les plus proches de la porte, un petit homme un peu rond, le crâne ceint d'une couronne de cheveux gris et la mine blafarde. Son teint contrastait avec celui des occupants des autres stands, tous bronzés comme il sied à des architectes qui passaient la moitié de leur vie en plein air.

– Qui est cet architecte à la face pâle ? demanda l'inspecteur en soulevant son éternel melon, à une hôtesse qui passait avec un plateau de tonic (ou de gin tonic ?...).

– Ce n'est pas un architecte, c'est Richard Osborne, le romancier bien connu. Le prince Charles l'a invité parce que le principal personnage de son dernier roman *La Maison maudite* est un architecte. Tout le monde ici lui fait fête parce qu'il en a tracé un affreux portrait : non seulement il couche avec la femme de son meilleur ami, mais il construit des buildings horribles tout en verre et en acier.

– Un personnage détestable, en effet, reconnut l'inspecteur Buckingham, qui était, autant qu'à son chapeau melon, très attaché, en architecture aussi bien qu'en morale, aux vieux principes qui avaient fait la force de l'Empire britannique.

– Excusez-moi, dit l'hôtesse mais je dois aller porter un verre d'eau au stand de cet écrivain. Sa femme vient de lui donner son médicament pour le cœur, qu'il doit prendre à midi. Ce sont des gouttes à diluer dans un peu d'eau.

L'inspecteur Buckingham jeta un coup d'œil distrait sur Mme Osborne qui faisait signe à l'hôtesse d'approcher. Elle agitait un petit flacon. Blonde, grande et bien bâtie, le visage énergique et encore jeune, elle portait un ensemble de soie grège qu'au premier coup d'œil, l'inspecteur estima provenir d'une boutique de luxe. Ses cheveux étaient relevés et coiffés avec art en une sorte de chou-fleur doré. Son aspect contrastait tant avec celui de son mari, petit, rondouillard et blafard, que l'inspecteur s'attarda un instant à les dévisager tous les deux.

Il fut distrait de sa contemplation par une tape vigoureuse sur l'épaule. Il se retourna. Le prince Charles le regardait d'un air goguenard.

– Vous êtes impressionné, vous aussi, inspecteur, par Mme Deborah Osborne ?

– Je ne savais pas qu'elle s'appelait Deborah, Votre Altesse royale.

– C'est son mari que me l'a appris.

Le prince Charles eut un de ses petits rires.

– Ma parole, plaisanta-t-il, c'est un couple bien mal assorti.

– Cette Deborah est en effet une très belle femme !

– Ne vous faites pas trop d'idées, inspecteur. D'après ce que je sais, cette très belle femme est en main.

– Vous voulez dire qu'elle est très attachée à son mari ?

– Je veux dire qu'elle est très attachée à son amant, l'architecte Jim Simpson. C'est le mari lui-même qui me l'a révélé. Jim Simpson, c'est ce type aux cheveux bouclés que vous voyez à gauche, au milieu de la première rangée. Un garçon que je n'aime pas beaucoup. Il construit des immeubles de style moderne... Enfin, il fallait bien que j'en invite un.

L'inspecteur Buckingham porta un regard intéressé sur l'architecte. Il était grand et bronzé, la chevelure artistement ondulée avec des accroche-cœurs un peu partout. Tandis que l'inspecteur l'observait, il se leva et se dirigea vers le stand de Richard Osborne. L'inspecteur était curieux de voir comment se conduiraient les deux hommes en tête-à-tête mais il fut harponné par l'attaché de presse du palais qui voulait le présenter à l'officier de police de Scotland Yard, responsable de la sécurité du Festival. Avant de se laisser entraîner, l'inspecteur vit que l'architecte avait ralenti sa marche, comme s'il attendait qu'Osborne fût libéré de deux « admirateurs », une jeune femme brune accompagnée d'un garçon d'une vingtaine d'années, qui lui parlaient avec animation. Mme Osborne après avoir posé le verre contenant le médicament sur la table du stand, s'était éloignée vers le fond de la salle, là où s'ouvraient les fenêtres donnant sur la grande cour du palais.

– Tout va bien, inspecteur, dit l'officier de police, ce Festival m'a l'air des plus tranquilles.

À peine avait-il prononcé ces mots qu'un cri d'épouvante les fit sursauter tous les deux.

– Mais il est mort ! s'écriait une hôtesse.

Elle essayait de relever la tête de Richard Osborne qui s'obstinait à retomber, inerte, sur sa table chargée de livres.

L'inspecteur Buckingham se précipita vers le stand.

– Pourquoi dites-vous cela, mademoiselle ! s'écria-t-il. Ce monsieur n'est peut-être qu'évanoui. Vous allez jeter la panique dans cette royale manifestation.

– Je vous dis qu'il est mort. J'ai pris son pouls, il ne

bat plus. Je sais ce que je dis. Toutes les hôtesses doivent suivre des cours de secourisme.

Le visage de l'écrivain semblait fâcheusement confirmer le diagnostic de l'hôtesse. Il était bleu. Ses yeux, retournés, étaient blancs, sa langue pendait d'une bouche aux lèvres violacées. À côté de la pile de livres, reposait un verre vide. L'inspecteur l'entoura de son mouchoir et le saisit. Quelques gouttes de liquide restaient au fond.

Le cri de l'hôtesse avait bouleversé toute l'assistance. Chacun s'était levé dans les stands et plusieurs hôtesses s'étaient trouvées mal. Néanmoins personne n'osait se précipiter vers le stand de l'écrivain par respect pour le prince Charles qui avait levé les bras pour calmer la foule.

– Messieurs, mesdames, cria-t-il, ce n'est sans doute qu'une indisposition ! La vente va reprendre dans un instant.

Mme Osborne surgit alors du fond de la salle où elle avait disparu quelques minutes auparavant.

L'officier de police qui s'était éclipsé dès que l'hôtesse avait poussé son terrible cri, revenait avec le médecin de service du palais, alerté par un des pompiers de garde.

Le médecin examina rapidement le corps inerte de Richard Osborne et l'ausculta.

– En effet, il est mort, dit-il en se relevant. En apparence, d'une crise cardiaque.

– Bizarre, dit l'inspecteur Buckingham. Il serait mort juste après avoir avalé le médicament qui devait calmer son cœur.

– Très bizarre, en effet, dit le prince Charles qui s'était approché.

Le prince saisit l'inspecteur Buckingham par le bras.

– Il s'agit peut-être d'un accident, inspecteur, mais peut-être aussi de quelque chose de plus grave. Je tiens à ce que vous vous occupiez vous-même de l'enquête. Après tout, cette mort est survenue au palais et celui-ci est sous la protection du Royal Protection Group dont vous êtes le membre le plus fameux.

L'hôtesse qui avait donné l'alerte allait s'éloigner lorsque l'inspecteur la héla.

– Un instant, mademoiselle. J'ai quelques questions à vous poser. Comment vous appelez-vous ?

– Ann Joggler.

– Quand avez-vous parlé pour la dernière fois à Richard Osborne ?

– Quelques secondes à peine avant son décès. J'étais venue lui demander s'il voulait boire autre chose.

– Vous n'avez alors rien remarqué.

– Que voulez-vous dire ?

– Paraissait-il en bonne santé ?

– Oui... C'est-à-dire... commença l'hôtesse d'une voix embarrassée.

– Comment cela, « c'est-à-dire » ? s'étonna l'inspecteur.

– Il semblait très excité comme s'il venait d'apprendre une nouvelle, bonne ou mauvaise. Il avait le visage un peu congestionné.

– Vous n'avez rien remarqué d'autre ?

– Rien, inspecteur... Rien d'autre... bredouilla la jeune fille qui paraissait intimidée par cet interrogatoire.

– C'est tout, mademoiselle. Je vous remercie, dit l'inspecteur Buckingham.

Il sortit son petit carnet écossais et nota le nom de la jeune femme ainsi que son adresse et son numéro de téléphone.

– Si quelque détail vous revient en mémoire, mademoiselle, n'hésitez pas à me téléphoner au palais.

Il arracha une feuille de son carnet et y nota le numéro de téléphone du Royal Protection Group.

– Si je ne suis pas là, mademoiselle, laissez un message au secrétariat de mon supérieur, le major Ronson.

2

L'inspecteur Buckingham avait remis à l'officier de police de Scotland Yard le verre qu'il avait pris sur la table de Richard Osborne.

– Transmettez-le de toute urgence au laboratoire de police criminelle. Il me faut le plus vite possible l'analyse du liquide qui subsiste au fond de ce verre.

– J'y cours moi-même avec ma voiture de service, inspecteur. Ils l'auront dans moins d'un quart d'heure.

L'officier s'éloigna, tenant le verre bien droit dans sa main.

L'inspecteur Buckingham se tourna vers Deborah Osborne qui présentait tous les symptômes de la veuve éplorée.

– Je suis obligé, madame, d'agir comme s'il s'agissait d'une affaire criminelle. Cette mort subite paraît en effet suspecte à tout le monde. Ce médicament aurait dû soulager le cœur de votre mari et non pas l'arrêter.

La veuve réprima un sanglot.

– C'est moi qui ai versé les gouttes dans son verre. Je ne me suis pas trompée de médicament. D'ailleurs la bouteille est dans mon sac. Tenez, la voici. C'est bien le médicament prescrit. De la Cordarone. Vous pouvez le faire analyser.

Elle éclata franchement en sanglots.

– Inutile, dit l'inspecteur que cet excès de manifestation de douleur agaçait, si vous aviez versé volontairement à votre mari un autre produit que ce médicament, vous en auriez fait disparaître la bouteille.

– Vous me suspectez de l'avoir empoisonné, inspecteur ! bégaya la veuve entre deux hoquets.

– Il est un peu trop tôt pour parler d'empoisonnement. Il faut attendre l'analyse du laboratoire de Scotland Yard. Je crains que nous ne l'ayons pas avant demain matin.

La veuve sanglota de plus belle.

– Pourquoi ces soupçons, inspecteur ? bredouilla-t-elle. J'aimais sincèrement mon mari. Pourquoi l'aurais-je supprimé ?

Une petite femme blonde aux cheveux coupés court et au teint brouillé comme si elle souffrait du foie s'approcha d'eux.

– Mme Osborne était très attachée à son mari, dit-elle, je peux en témoigner. Elle était vraiment pour lui aux petits soins. Il est d'absurde d'imaginer qu'elle ait pu l'empoisonner.

– Qui êtes-vous, madame ? interrogea l'inspecteur Buckingham.

– Je m'appelle Phillys Closter. Je suis la secrétaire de M. Osborne et je fais aussi, en quelque sorte, office de gouvernante.

Elle ajouta d'une voix confidentielle à l'adresse exclusive de l'inspecteur :

– C'est que, voyez-vous, M. Osborne avait vraiment besoin de quelqu'un qui s'occupe de lui et de son intérieur. Mme Osborne était une très médiocre maîtresse de maison, et de plus, elle n'était jamais là.

À voix haute Phillys Closter répéta : « Mme Osborne était aux petits soins pour son mari. Vraiment aux petits soins. »

À voix basse elle ajouta, encore à l'intention de l'inspecteur Buckingham :

– Ce n'est même pas vrai. Et pourtant elle avait beaucoup à se faire pardonner.

L'inspecteur se souvint des propos que lui avait tenus le prince Charles sur la liaison de l'épouse de l'écrivain. Il avisa alors dans la petite foule de curieux qui les entourait, l'architecte Jim Simpson. Il se tenait près de la veuve et gardait les yeux fixés sur elle. À un moment leurs regards se croisèrent et l'inspecteur Buckingham crut y voir briller une lueur de complicité. Il le nota à tout hasard sur le petit carnet écossais qui ne le quittait jamais.

Les pompiers de service s'avancèrent avec un brancard sur lequel ils chargèrent le corps de l'écrivain. Cynthia Lemon, son attachée de presse, les suivit comme ils se dirigeaient vers la sortie. Elle marchait à côté du brancard, en larmes. L'inspecteur Buckingham remarqua qu'elle tenait la main du défunt.

– Quelles sont les dernières personnes à avoir parlé à Richard Osborne ? demanda l'inspecteur à la veuve.

– Je ne sais pas. Après lui avoir versé ses gouttes je me suis éloignée un instant pour prendre l'air à la fenêtre. Il fait si chaud dans ce Salon Vert ! Peut-être est-ce Miss Cynthia Lemon.

– Ou peut-être M. Jim Simpson, l'architecte, fit remarquer l'inspecteur. Je l'ai vu se diriger vers le stand de votre mari peu avant le drame. Mais il a fait une pause. Il attendait que deux personnes, une jeune femme et un garçon qui parlaient avec animation à votre mari, se soient éloignés. Connaissez-vous ces deux personnes ? Une jeune femme brune et un jeune homme d'une vingtaine d'années.

– C'étaient sans doute l'épouse et le fils de John Munington, l'homme politique bien connu, l'enfant terrible du parti travailliste. Mon mari avait commencé à écrire sa biographie. Je crois que ces deux personnes s'inquiétaient de ce que le livre contiendrait. John Munington aurait vaguement trempé dans plusieurs scandales. Mon mari avait découvert qu'en fait, il y avait été mêlé de près. Il se proposait de l'écrire, ce qui aurait probablement mis fin à la carrière politique de Munington.

– Ils avaient donc tous les deux, l'épouse et le fils, de fortes raisons de vouloir faire taire Richard Osborne.

– Que voulez-vous dire, inspecteur ? Je ne comprends pas.

– Je veux dire que quelqu'un a pu verser dans le verre de votre mari une dose d'un produit qui, au lieu de ralentir son cœur, l'a accéléré.

– Qui aurait pu commettre une action aussi abominable ?

– Mais, madame, c'est bien simple : toutes les personnes qui pouvaient avoir intérêt à le faire disparaître. Ces Munington entre autres.

Après avoir médité quelques instants, l'inspecteur ajouta :

– M. Jim Simpson a-t-il parlé à Richard Osborne après que ces deux personnes l'ont quitté ?

– Je n'en sais rien, inspecteur. Quand je suis revenue au stand mon mari était seul. Je lui ai demandé si ça allait. Il ne m'a pas répondu. Il était en train d'écrire.

– D'écrire quoi ?

– Je n'ai pas fait attention, inspecteur. Je me suis un peu éloignée. Puis j'ai entendu le cri terrible de l'hôtesse : « Il est mort ! »

Le verdict du laboratoire de police criminelle parvint à l'inspecteur Buckingham en fin de soirée. Plus tôt qu'il ne l'espérait. Il est vrai que son diagnostic était fort simple. Le liquide résiduel du verre contenait à haute dose de l'Isuprel, un accélérateur du cœur, mêlé à une faible dose de Cordarone, le médicament calmant prescrit par le médecin de Richard Osborne. Cette analyse laissait donc penser qu'une main criminelle avait été à l'œuvre.

L'inspecteur Buckingham montra le rapport du laboratoire au major Ronson, chef du Royal Protection Group, et donc son supérieur hiérarchique. Il lui avait au début de l'après-midi exposé l'incident survenu lors du Festival du livre d'architecture organisé par le prince Charles.

– Qu'en pensez-vous, major ? Il semble bien qu'il y ait eu crime.

– Il pourrait s'agir d'une simple erreur de médicament commise par Mme Osborne.

– D'une erreur, certainement pas, major. Mme Osborne m'a montré spontanément la bouteille qu'elle avait dans son sac. L'étiquette indiquait bien du Cordarone. Mais est-ce bien le contenu de cette bouteille qu'elle a versé dans le verre ?

– Quelqu'un aura pu aussi, profitant du moment où elle était allée respirer l'air frais à l'une des fenêtres du Salon Vert, verser dans le verre une forte dose d'Isuprel.

L'inspecteur Buckingham hocha la tête.

– C'est possible. Cette personne se sera ensuite débarrassée du flacon d'Isuprel dans une des poubelles à papier installée à l'entrée.

– Ce peut être l'une des personnes que vous avez vues près de son stand. L'architecte Jim Simpson ou Mme Munington ou encore son fils. Ils avaient tous des motifs de désirer la mort de l'écrivain.

– Ou encore Cynthia Lemon, l'attachée de presse d'Osborne, murmura l'inspecteur Buckingham.

– Quel motif aurait-elle eu ? Et ne m'avez-vous pas dit, inspecteur, que cette jeune personne semblait bouleversée par la mort de son patron ? Elle avait le visage baigné de larmes et tenait la main du cadavre tandis qu'on l'emmenait.

– C'est un peu trop de démonstrations pour une simple attachée de presse, ne trouvez-vous pas, major ?

Le major Ronson soupira.

– Cela fait beaucoup de suspects, inspecteur. Il nous manque cependant la preuve qu'un crime ait été commis.

On frappa à la porte. Un valet entra. Il tenait une petite bouteille.

– J'ai trouvé cela dans une des poubelles que j'ai fouillées tout à l'heure à votre demande, inspecteur.

– Voilà la preuve, dit l'inspecteur Buckingham en tendant la bouteille au major Ronson. Son étiquette porte la mention « Isuprel ».

Le major Ronson secoua la tête.

– Quoi qu'il en soit, inspecteur, s'il y a eu empoisonnement, ce ne peut être que l'œuvre d'un novice. Un assassin avisé aurait arraché l'étiquette de cette bouteille.

– Vous avez raison, major. C'est un crime d'amateur. On peut aussi imaginer qu'il a été commis dans un moment d'affolement ou même de panique. On ne raisonne pas bien dans ces cas-là.

– Je n'arrive pas à croire, dit le Dr Rainbow, médecin principal du palais que le major Ronson avait appelé en consultation, que même une forte dose d'Isuprel ait pu provoquer chez M. Osborne une crise cardiaque. Il faut que, peu après avoir pris cette drogue, il ait éprouvé une émotion violente qui a tétanisé son cœur. À la concentration d'Isuprel relevée par le laboratoire, le cœur de M. Osborne a dû, certes s'accélérer quand il a avalé le contenu du verre, mais pas assez pour entraîner une syncope cardiaque. Quelque chose s'y est ajouté. Peut-être a-t-il appris, après avoir avalé la mixture, une nouvelle qui a soulevé en lui une émotion extrêmement forte. Dans ce cas M. Richard Osborne serait mort de saisissement. L'Isuprel n'a fait que préparer le terrain.

3

– M. Richard Osborne était atteint de tachycardie. Il souffrait de crises d'accélération paroxystique du rythme cardiaque, confirma le Dr Pilcard.

L'inspecteur Buckingham écoutait avec attention les explications du médecin traitant de l'écrivain décédé.

– Ce n'est pas à proprement parler une maladie du cœur, poursuivit le Dr Pilcard. Celui de Richard Osborne ne présentait aucune lésion, pas plus que ses artères. La tachycardie est en fait une maladie nerveuse. C'est un dérèglement des centres sympathiques qui commandent les pulsations du cœur. Poussée à l'extrême la tachycardie peut entraîner la mort par une tétanisation, en quelque sorte, du muscle cardiaque. Mais cet accident est heureusement extrêmement rare et ne se produit que dans des cas exceptionnels, principalement quand il y a une lésion cardiaque.

– Ce qui n'était pas le cas de Richard Osborne, si je comprends bien, commenta l'inspecteur Buckingham.

– Tout à fait. Les crises d'accélération du rythme cardiaque étaient fort gênantes pour lui car elles entraînaient nervosité, sueurs profuses, sensations d'angoisse et douleurs thoraciques. Mais elles ne mettaient pas vraiment sa vie en danger. D'autant plus qu'il prenait toutes les six heures le médicament sédatif que je lui avais prescrit. La crise était en quelque sorte jugulée avant d'apparaître.

– Sauf si l'on avait ajouté à ce médicament une forte dose d'Isuprel qui est un stimulant du cœur, un accélérateur du rythme cardiaque.

– En ce cas en effet, la crise survient, admit le médecin.

– C'est ce qui s'est produit chez M. Osborne. Une main, sans doute criminelle, a ajouté une forte dose de stimulant dans le verre qui contenait la potion calmante.

– D'après les analyses du laboratoire de police criminelle que vous m'avez montrées, inspecteur, il semble en effet que la dose de stimulant ait été énorme. Non seulement elle a neutralisé l'effet du médicament sédatif, mais elle l'a renversé. Une crise de tachycardie d'une violence exceptionnelle s'est alors produite.

– Pouvait-elle mettre en danger la vie de M. Richard Osborne ?

– Je ne le crois pas. Elle pouvait le secouer mais pas le tuer. Son cœur et ses artères étaient, comme je vous l'ai dit, en bon état.

– Et pourtant, il est mort !

– Je ne peux que confirmer, inspecteur, le diagnostic du Dr Rainbow, le médecin de service du palais de Buckingham que vous avez aussitôt consulté. Pour que M. Osborne ait été victime d'une syncope cardiaque mortelle, il a fallu qu'une émotion extraordinaire soit venue s'ajouter à l'effet du médicament accélérateur du rythme cardiaque. Avez-vous mené, inspecteur, une enquête sur les événements plus ou moins tragiques qui ont pu survenir ce jour-là dans son entourage et dont la nouvelle aurait pu le bouleverser ?

– Je n'ai rien découvert de tragique et surtout d'inopiné, dit l'inspecteur Buckingham en haussant les épaules. Il semble que le ménage n'allait pas très bien. Mme Osborne trompait, m'a-t-on dit, son mari avec un architecte. Mais Richard Osborne le savait depuis longtemps. D'ailleurs le principal personnage de son dernier roman est justement un architecte qui couche avec la femme de son meilleur ami et qui construit, en outre, d'affreux immeubles modernes.

– M. Osborne avait-il une maîtresse qui aurait pu lui annoncer qu'elle rompait ? demanda le médecin à l'inspecteur.

– Auquel cas, docteur, il aurait fallu qu'elle lui en ait parlé juste après qu'il ait bu la potion fatale. On pourrait alors la soupçonner de l'avoir versée elle-même. À condition toutefois qu'elle possédât quelques notions de médecine et des connaissances particulières sur la tachycardie.

– Vous ne voyez personne dans son entourage féminin susceptible d'être soupçonné ?

L'inspecteur se souvint des marques spectaculaires de chagrin qu'avait montrées Cynthia Lemon, l'attachée de presse de l'écrivain. Avait-elle été sa maîtresse ? Et ses gestes d'affliction n'étaient-ils pas des manifestations de remords ? Lui avait-elle versé le médicament meurtrier et annoncé aussitôt après qu'elle le quittait ? Mais pourquoi aurait-elle eu le dessein de le tuer ? Par jalousie ? Par intérêt ?

– Vous savez, mon vieux, lança tout à coup le médecin, interrompant la méditation de l'inspecteur, la nouvelle qui a tué M. Richard Osborne n'était peut être pas tragique. Il aurait pu s'agir d'une bonne nouvelle. Une si bonne nouvelle qu'elle l'aurait submergé d'une formidable émotion. Et cette émotion heureuse l'aurait tué. Nous serions donc en présence d'un meurtre par la joie !

– Meurtre par la joie, murmura ahuri l'inspecteur Buckingham. C'est bien la première fois que j'entends parler de cette façon de tuer.

– John, ces suppositions me fatiguent, soupira Mme Smith, la digne épouse de l'inspecteur. Je ne comprends pas que vous échafaudiez tous des hypothèses aussi extravagantes autour d'une simple erreur de médicament. Cela arrive tous les jours dans les hôpitaux et cela peut aussi bien arriver à un particulier.

– Mais chérie, objecta l'inspecteur Buckingham, on a retrouvé dans une poubelle le flacon ayant contenu le médicament meurtrier.

– Qu'est-ce que cela prouve, mon pauvre ami ! Pourquoi un des participants de ce Festival n'aurait-il pas eu besoin de ce médicament ? Il aura fini la bouteille et l'aura jetée.

– Mais il y avait des traces de ce médicament dans le verre de Richard Osborne !

– Je croyais John, que tu ne faisais guère confiance aux analyses du laboratoire de police criminelle. Tu me l'as souvent répété.

L'inspecteur Buckingham regrettait de s'être confié à sa femme, comme il le faisait parfois lorsqu'une enquête le tracassait. Il avait d'ordinaire confiance en son jugement. C'était une de ses qualités avec celle de savoir confectionner à la perfection le Yorkshire pudding.

Mme Smith posa sur la table le rosbif accompagné de son fameux pudding.

– Il y a tout de même de nombreux suspects, plaida l'inspecteur d'une voix amollie. D'abord l'épouse du défunt qui le trompait et pouvait souhaiter se marier avec son amant.

– Invraisemblable ! s'écria Mme Smith. Sais-tu que je suis allée me promener à cette vente et que j'ai aperçu Mme Osborne ? C'est une femme élégante et qui a l'air très sûre d'elle. Pas le genre de folle à supprimer un mari qui gagne beaucoup d'argent. Osborne était un auteur célèbre. Et pourquoi aurait-elle songé à se remarier ? L'adultère est tellement plus confortable...

L'inspecteur Buckingham frémit. Son épouse tenait parfois des propos d'un cynisme !

– Il y a aussi son amant l'architecte Jim Simpson, reprit-il, qui pouvait souhaiter la mort du mari. Il lui aura versé le médicament dangereux puis lui aura dit ensuite à l'oreille quelque chose d'effrayant.

Mme Smith partit d'un petit rire ironique.

– Même objection, mon cher John, pourquoi ce garçon aurait-il désiré prendre en charge en l'épousant une maîtresse commode que son mari entretenait fort bien ?

– Il y a aussi les Munington, l'épouse et le fils de John Munington ; ils devaient redouter qu'Osborne publie le livre qu'il avait commencé d'écrire sur leur mari et père et qui révélait certains scandales.

– Absurde, mon cher John. Le scandale d'un meurtre aurait été encore plus grand.

– Ils auraient pu agir dans un moment d'affolement, protesta l'inspecteur Buckingham.

Mme Smith servit à son mari une si énorme portion de l'odorant Yorkshire pudding qu'il renonça à poursuivre cette discussion. Ou plus exactement ce jeu de massacre au cours duquel son épouse avait anéanti – ou croyait avoir anéanti – tous les suspects.

L'inspecteur se félicita de ne pas lui avoir fait part de ses soupçons concernant Cynthia Lemon. Avait-elle été la maîtresse du défunt et avait-elle des raisons de le tuer ? Mme Smith aurait sans doute proclamé qu'il était bien naturel qu'une jeune femme sensible pleurât au décès de son employeur et tînt même la main de son cadavre, tandis que les pompiers l'emmenaient sur un brancard !

4

L'inspecteur Buckingham avait convoqué Cynthia Lemon à son bureau du Royal Protection Group au palais.

Elle vint accompagné d'un jeune homme muni d'énormes lunettes d'écaille qu'elle présenta comme son avocat et que l'inspecteur invita à s'asseoir au fond du bureau.

– Vous pouvez écouter mais n'intervenez pas, lui intima l'inspecteur qui se tourna vers la jeune femme. Je suis obligé, mademoiselle, de vous demander de répondre à quelques questions sur la mort de Richard Osborne.

Cynthia Lemon sortit un mouchoir et commença à se tamponner les yeux.

– S'il vous plaît, mademoiselle ! lança l'inspecteur Buckingham, agacé, vous avez eu tout le loisir de pleurer sur le destin de ce malheureux depuis hier. Nous en sommes maintenant à l'enquête de police. C'est pourquoi je vous prierai de garder votre sang-froid. Vous me permettrez à ce propos de vous demander pourquoi le décès d'un écrivain qui n'était pas le seul dont vous vous occupiez vous chagrine à ce point ?

Cynthia Lemon releva la tête d'un air de défi.

– Voudriez-vous suggérer, inspecteur, que nos rapports n'étaient pas uniquement professionnels ?

– Je dois avouer, mademoiselle, que cette hypothèse m'a un instant traversé l'esprit.

– C'est absurde, inspecteur. Il y avait une telle différence d'âge entre nous ! Comment d'autre part aurais-je pu être séduite par ce petit homme chauve et rondouillard ?

– Comment en effet ? fit l'inspecteur d'une voix rêveuse. Il avait vu tant de couples mal assortis au cours de ses enquêtes criminelles du temps qu'il était à Scotland Yard ! Les plus mal assortis n'étaient pas toujours les moins unis.

– Vos rapports étaient donc exclusivement professionnels ? résuma l'inspecteur.

– Oui. Mais j'avais pour M. Osborne une véritable affection. J'admirais son talent. Il était plein de bonté pour moi. Je le considérais comme un second père.

– Humm, grommela l'inspecteur.

« Un second père, vraiment ! » songea-t-il par-devers lui. Tant de femmes cherchaient un second père quand l'affection du premier leur avait manqué. Quand elles le trouvaient, elles montaient généralement dans son lit...

– Pouvez-vous me dire, mademoiselle, quelle est la dernière personne à avoir parlé à Richard Osborne, hier, à son stand, peu avant midi ?

– Il me semble que c'est sa femme.

– Elle m'a dit pourtant qu'elle s'était éloignée pour prendre l'air.

– C'est exact, mais elle est revenue une ou deux minutes après. Richard Osborne était encore vivant. Elle lui a dit quelques mots, je crois, puis s'est éloignée.

– N'y a-t-il pas d'autres personnes qui l'aient approché avant ou après elle ?

– Personne après, je crois bien. Avant il y a eu Jim Simpson, l'architecte, Mme Nancy Munington et son fils Jack. Peut-être ai-je oublié quelqu'un.

– Vous vous êtes oubliée vous-même, mademoiselle Lemon.

– Pardonnez mon étourderie, inspecteur. En fait j'étais constamment à côté de lui. C'était mon métier d'attachée de presse de veiller à ce qu'il ne manque pas de livres, à lui suggérer une dédicace, à canaliser les acheteurs.

– Je n'ai pas constaté que M. Osborne ait eu beaucoup d'acheteurs.

– C'était un romancier. Il était un peu déplacé au milieu de tous ces auteurs de livres d'architecture.

– Vous avez donc eu tout le loisir d'entendre ce que lui disaient ses visiteurs. Il semble que M. Osborne soit mort d'un choc émotionnel à l'annonce qu'on lui aurait faite d'une nouvelle, probablement terrible.

Cynthia Lemon hésita et se retourna pour consulter du regard le jeune homme à grosses lunettes d'écaille qu'elle avait présenté comme son avocat. Il secoua la tête comme s'il lui conseillait la prudence.

– Je vous en prie, maître, gronda l'inspecteur Buckingham, je vous ai demandé de ne pas intervenir, ne serait-ce que par signes.

Il se retourna vers Cynthia Lemon et la fixa droit dans les yeux.

– Qu'a dit Jim Simpson à Richard Osborne ?

– En fait je ne l'ai pas vu lui parler. J'imagine qu'il lui a demandé si ses ventes marchaient bien. S'il ne se sentait pas fatigué d'écrire toutes ces dédicaces.

– Vous l'imaginez, mademoiselle, puisque vous ne l'avez pas vraiment vu lui parler.

– Je l'imagine à peine, inspecteur, ça aurait été assez dans sa manière sarcastique.

– Ne dit-on pas qu'il est l'amant de Deborah Osborne ?

– Je l'ai entendu dire, inspecteur.

– Ne vous moquez pas de moi. Vous le savez parfaitement. Même le prince Charles est au courant.

Cynthia Lemon baissa la tête, comme prise en faute.

– M. Simpson n'a-t-il pas dit autre chose à M. Osborne ?

– Peut-être, mais je ne l'ai pas remarqué.

– Continuons notre entretien, fit l'inspecteur d'une voix sévère. Qu'ont dit les Munington mère et fils à Richard Osborne ?

– Ils lui ont demandé avec insistance de renoncer à écrire la biographie de leur époux et père. Nancy Munington lui a laissé entendre qu'elle était prête à le dédommager largement.

– Que faut-il entendre par là, mademoiselle, à votre avis ?

– Je n'ai pas assez mauvais esprit, inspecteur, pour supposer qu'elle lui proposait de s'offrir à lui. Je pense qu'elle devait parler d'un dédommagement en argent.

– Ne lui a-t-elle rien dit d'autre ?

– Peut-être mais je ne l'ai pas entendu.

L'inspecteur Buckingham avait sorti son petit carnet écossais et notait rapidement les éléments de cet imbroglio.

– Et Mme Osborne, qui selon vous, fut la dernière à parler à son mari, vous souvenez-vous de ce qu'elle a pu lui dire ?

Cynthia Lemon hésita soudain et se retourna pour consulter du regard le jeune homme. Elle dut lire dans ses yeux quelque conseil de prudence, car elle hocha la tête et murmura d'une voix hésitante : « Je ne me souviens pas. Ça devait être très banal. »

L'inspecteur eut l'impression que la jeune fille lui cachait quelque chose mais il ne put rien en tirer d'autre.

Ses deux interlocuteurs prenaient congé. L'inspecteur interpella le jeune homme qui semblait pressé de s'éclipser.

– Il me semble, maître, que vous ne m'avez pas confié votre nom.

Le jeune homme parut embarrassé et consulta à son tour Cynthia Lemon du regard. Elle haussa les épaules d'un air indécis.

– Je m'appelle Patrick Rushman, lâcha enfin le jeune homme.

Ils filèrent tous les deux comme s'ils redoutaient d'autres questions.

Patrick Rushman... L'inspecteur ne put trouver ce nom dans la rubrique « avocats » de l'annuaire téléphonique. Bizarre. Ce garçon était-il un avocat de province ? Pourquoi Cynthia Lemon qui habitait à Londres et travaillait dans une agence de relations publiques de Londres, aurait-elle pris un avocat en province ? Et pourquoi l'avait-elle amené avec elle ? Craignait-elle cet interrogatoire ?

Sur la porte de l'agence, au premier étage d'un vieil immeuble de Fleet Street, était fixée une plaque en cuivre portant l'inscription : « London P.R.A. ». La réceptionniste apprit à l'inspecteur Buckingham que ces trois lettres étaient les initiales de Public Relation Agency.

La directrice s'assit sur un des fauteuils de cuir face à l'inspecteur et croisant haut les jambes, le fixa d'un air interrogateur.

– Que me vaut l'honneur de votre visite, inspecteur ?

Elle était visiblement impressionnée par la carte aux armes du palais que lui avait tendue l'inspecteur. Celui-ci n'était pas moins impressionné par les perspectives qu'offraient les cuisses de l'élégante directrice, qu'une minijupe de cachemire découvrait jusqu'aux limites de la décence.

– Je me suis permis de vous déranger, madame, dit-il en s'efforçant de regarder ses pieds, pour vous demander quelques renseignements sur Mlle Cynthia Lemon qui est je crois une de vos employées.

– C'est exact. Elle est actuellement chargée d'assurer les relations de presse de Richard Osborne, le célèbre écrivain qui vient de sortir un roman dont on parle beaucoup.

– Y a-t-il longtemps qu'elle occupe cette fonction auprès de cet honorable représentant des lettres ?

– Environ un an, inspecteur. Elle a pu suivre ainsi l'élaboration du roman.

– Ne s'est-il pas noué aussi, entre cette jeune personne et le célèbre écrivain, des rapports qui débordaient un peu le strict terrain professionnel ?

La directrice du London P.R.A. s'agita d'un air embarrassé dans son fauteuil de cuir. Sa minijupe remonta un peu plus, ce que l'inspecteur Buckingham n'aurait pas cru possible. Toutefois rien ne l'étonnait de la part d'une grande prêtresse de ce nouveau culte moderne, les « public-relations ».

– J'ai pour principe, répliqua la directrice d'une voix pincée, de ne pas m'immiscer dans la vie privée de mes employés.

L'inspecteur tapota avec impatience son chapeau melon qu'il avait posé sur ses genoux.

– C'est un excellent principe, reconnut-il d'une voix ironique, mais vous me permettrez de croire, madame, que vous n'ignorez rien cependant de la vie privée des gens qui travaillent depuis des années avec vous, ou alors je ne connais pas les ressorts du cœur humain, ce qui, étant donné ma profession, est manifestement impossible.

– De quels ressorts voulez-vous donc parler, inspecteur ?

– Du plus fort des ressorts du cœur féminin : la curiosité. Et n'êtes-vous pas une vraie femme, madame, aussi délicieusement coquette que curieuse ?

La directrice s'ébroua, en minaudant, dans son fauteuil.

– Oh ! Inspecteur, vous me faites la cour ! Je sens que je vais vous céder.

– Qu'entendez-vous par là ? s'enquit l'inspecteur d'une voix à la fois troublée et alarmée. Il avait toujours été un mari fidèle et résistait aux tentations, quelque courtes que fussent les minijupes.

– Je veux dire que je dois vous avouer que je sais deux ou trois petites choses sur Mlle Lemon.

– Ah bon... s'étonna à peine l'inspecteur.

Les femmes résistaient rarement au plaisir de conter des potins.

– Il est vrai, inspecteur, qu'un tendre lien s'est vite noué entre elle et le vieil écrivain. Vous l'auriez appris de toute façon.

L'inspecteur Buckingham fit la grimace. Cynthia Lemon lui avait donc menti. Pourquoi avait-elle voulu lui cacher cette liaison qui n'avait rien de déshonorant ?

– Comment vous en êtes-vous rendu compte ? reprit-il.

– Je m'en suis aperçue lorsqu'ils sont partis ensemble cet été sur la Riviera française. Sous prétexte de travail. Mais je n'ai pas été dupe. Un simple coup de téléphone à leur hôtel m'a confirmé ce que je soupçonnais : ils occupaient la même chambre.

– Comment l'avez-vous su ? Ils vous l'ont dit à la réception ?

– Non. Les hôteliers français sont très discrets. Je l'ai compris lorsque j'ai demandé à Richard Osborne à qui je téléphonais un matin de bonne heure de me passer Cynthia. Je l'ai eue dans la seconde. J'en ai déduit qu'elle était avec lui dans la chambre. Probablement dans le lit. Je n'ai pas été surprise. Simplement choquée. Il y avait tout de même presque vingt-cinq ans de différence d'âge entre eux ! Cynthia Lemon n'a que vingt-quatre ans.

– Ces choses-là arrivent, madame, à notre époque désordonnée.

– Sans doute. Mais avec de beaux hommes grisonnants, pleins de charme et de prestance. Je vous rappelle que Richard Osborne était petit, rondouillard et chauve.

– J'ai ouï dire que certains petits chauves pouvaient avoir des charmes cachés.

– C'est ce que je me suis dit, inspecteur. Mais le plus étonnant, c'est qu'il a rompu le premier.

– Comment le savez-vous ?

– De la façon la plus simple, inspecteur. Cynthia est arrivée ici en larmes un beau matin. Osborne l'avait congédiée. Pas comme attachée de presse, mais comme maîtresse. Sans lui donner la moindre explication. La pauvre fille était aussi mortifiée que chagrinée. J'étais fort triste pour elle. Déjà je la plaignais, elle si jolie, d'être tombée dans les pattes de ce vieux dégoûtant. Mais qu'il ait pris l'initiative de la rupture, là, vraiment, c'était trop fort !

L'inspecteur Buckingham épousseta de la main son melon et hocha la tête d'un air pénétré.

– Quand ce triste événement s'est-il produit ? murmura-t-il.

– Il y a quinze jours environ, inspecteur.

– Et cette demoiselle est pourtant restée entre-temps au service de son suborneur et lâcheur.

– Je l'ai exigé, inspecteur. Il ne faut pas mélanger les affaires et la vie privée.

La directrice tira vertueusement sur sa minijupe.

– Un autre de mes axiomes favoris, inspecteur, est qu'une jolie femme ne pleure jamais longtemps.

– Vous voulez dire, madame, que les pleurs de Cynthia Lemon ont vite séché.

– Dès le lendemain de cette rupture. Je ne l'ai plus surprise en larmes. Je crois que ce miracle est dû à un jeune homme, à un clerc du notaire de Richard Osborne qu'elle a rencontré chez l'écrivain ; il allait y apporter certaines pièces à signer. Il vient maintenant la chercher chaque soir et l'emmène prendre un verre au Punch Tavern au bas de notre immeuble.

– Savez-vous son nom ?

– Non. Cynthia ne me l'a pas présenté. Sans doute est-elle un peu gênée de s'être laissée consoler si rapidement.

– N'avez-vous rien remarqué qui puisse distinguer ce jeune homme des milliers de ses pareils qui circulent à Londres ?

– Rien de vraiment remarquable, inspecteur, à part des lunettes d'écaille.

– Grosses, ces lunettes ?

– Très grosses, inspecteur. Des lunettes d'écaille énormes.

5

Mme Osborne habitait une charmante maison ancienne avec péristyle à colonnade dans Canonbury Square, un quartier d'écrivains à la mode. Evelyn Waugh avait habité au 17 et George Orwell au 27.

Elle vint ouvrir elle-même, en déshabillé plutôt vaporeux.

– Oh ! Excusez-moi, inspecteur, je pensais qu'il s'agissait du facteur. Je ne suis guère en tenue pour recevoir. Je me suis levée si tard. Le chagrin, voyez-vous...

– Le chagrin ? s'étonna l'inspecteur pour qui le déshabillé évoquait plutôt des pensées frivoles.

– Le chagrin d'avoir perdu mon mari. Je dors beaucoup pour l'oublier. C'est notre gouvernante, Mme Phillys Closter qui aurait dû vous ouvrir. Mais elle s'est absentée pour aller porter mes robes chez le teinturier. Je les fais teindre en noir.

La veuve éplorée disparut un instant et revint vêtue d'une robe de chambre plus austère.

Elle fit entrer l'inspecteur Buckingham dans un salon luxueux, encombré d'objets divers en argent.

– Mon mari collectionnait l'argenterie, expliqua Mme Osborne.

Elle ne put s'empêcher d'ajouter :

– Il y en a là pour une fortune.

L'inspecteur Buckingham saisit l'occasion aux cheveux.

– À propos de fortune, votre mari avait-il laissé un testament ?

– Je le suppose, répondit Mme Osborne d'une voix aigre. Il ne cessait de rédiger de nouveaux testaments, plus ou moins généreux, en faveur de ses maîtresses. Et comme il en changeait souvent...

– ... il rédigeait chaque fois un nouveau testament.

– Il me le racontait pour me vexer. Cette prodigalité explique, inspecteur, que, malgré ses faibles attraits physiques, mon mari collectionnât des liaisons plutôt flatteuses. J'avais renoncé à compter ses maîtresses.

– Quelle impétuosité chez un homme déjà âgé !

– Je me suis laissée dire, inspecteur, que certains hommes sont véritablement possédés par le démon de la luxure. Il les tourmente jusqu'à un âge avancé. Même les Français, qui sont tous perdus de mœurs, se sont étonnés que leur poète national, Victor Hugo, continuât après quatre-vingts ans de lutiner les servantes. Sa femme, comme moi, fermait les yeux. Les écrivains ont souvent de ces faiblesses.

L'inspecteur Buckingham arrêta d'un geste de la main ces considérations littéraires.

– Je voulais simplement vous demander, madame, si vous saviez quelle était l'heureuse élue du dernier testament de votre mari.

– Il n'y a sans doute personne. Je sais que mon mari n'a pas remplacé sa dernière toquade.

– N'était-ce pas Mlle Cynthia Lemon ?

– Oui. Mais c'était fini depuis quelques semaines. Vous pouvez être étonné, inspecteur, de me savoir si bien au courant des galipettes de mon mari. C'est que ces derniers mois, il ne s'en cachait même plus. J'ai compris qu'il avait rompu avec cette Cynthia lorsqu'il a cessé il y a quinze jours de sortir le soir pour la retrouver. Il demeurait ici au coin du feu.

– Vous le trompiez vous-même, m'a-t-on dit. Votre mari savait-il que vous aviez une liaison avec l'architecte Jim Simpson ?

– Cette liaison n'aurait pas eu de charme si mon mari n'en avait pas été informé. C'était un adultère de vengeance. Je voulais prendre ma revanche de vingt ans d'infidélités. Il fallait donc qu'il sache que je lui faisais porter des cornes.

– Il semble l'avoir assez mal pris.

– À ma grande satisfaction, inspecteur. Il a été si vexé qu'il a mis mon amant dans son dernier roman. Bien entendu il en a fait un personnage détestable.

L'inspecteur Buckingham, un peu effaré, notait sur son petit carnet écossais, en signes cabalistiques qu'il était seul à comprendre, les ressorts de ces complications sentimentales.

– Revenons à Mlle Cynthia Lemon, si vous le voulez bien ? proposa-t-il.

– J'y consens, fit Mme Osborne, magnanime.

– Croyez-vous que lorsqu'il a rompu avec elle, votre mari lui a annoncé qu'il détruirait le testament qu'il avait fait en sa faveur ?

– Il n'y manquait jamais quand il rompait.

– L'a-t-il réellement fait ?

– Très certainement. Mon mari tenait beaucoup à son argent. C'était sa principale arme de séduction. C'est toujours lui qui rompait. Il se lassait vite. Il lui fallait sans arrêt de la chair fraîche. Il les laissait toujours en larmes. Dame ! Ces jeunes aventurières devaient regretter le testament.

– Léguait-il à ces dames de grosses sommes ?

– Il ne lui était pas permis de disposer de la totalité de sa fortune. Notre contrat de mariage le lui interdisait. Il ne pouvait tester librement que pour un tiers environ.

– Il était fort riche, grâce à ses gros tirages, remarqua l'inspecteur Buckingham. Un tiers de sa fortune, cela représente sans doute des dizaines de milliers de livres.

– Des centaines de milliers, inspecteur. De quoi rendre follement amoureuse la plus belle fille du monde.

L'inspecteur Buckingham daigna sourire, puis il redevint grave. Tout cet imbroglio s'était tout de même terminé par ce qui ressemblait beaucoup à un meurtre.

– Pouvez-vous me donner l'adresse du notaire de votre mari ? demanda-t-il.

– Bien sûr. C'est maître Cree au 13 Newgate Street.

– Je vous remercie.

L'inspecteur se leva pour prendre congé.

Sur le pas de la porte, il croisa la gouvernante, Mme Phillys Closter. Il la salua courtoisement.

– Alors, inspecteur, lui lança la gouvernante d'une voix narquoise, avez-vous tiré au clair qui de l'épouse ou de la maîtresse, a commis cette fatale erreur de médicaments ?

L'inspecteur était un peu choqué, quoiqu'amusé par cette franchise.

– Il n'y a pas seulement l'erreur de médicament, dit-il. Il y a aussi ce qu'on lui a chuchoté à l'oreille. On lui aurait appris une nouvelle qui l'a bouleversé. C'est ce qui l'a tué.

– On lui a dit quelque chose à l'oreille, c'est sûr, renchérit Phillys Closter, d'une voix mystérieuse.

L'inspecteur Buckingham saisit la jeune femme par le bras.

– Soupçonnez-vous quelque chose ? la pressa-t-il.

Phillys Closter lâcha un petit rire.

– Comment voulez-vous que j'aie la moindre idée de ce qu'on lui a glissé à l'oreille ! Sans doute une nouvelle qui a provoqué une syncope cardiaque. Généralement les épouses savent très bien les mots qu'il faut dire pour bouleverser leur mari.

C'était aussi l'avis de l'inspecteur Buckingham. Mais quel intérêt aurait eu Mme Osborne à expédier prématurément son mari au paradis ?

6

L'accueil de Me Cree fut distant comme il convenait à un notaire des beaux quartiers.

– Oui, il y a un testament, répondit-il à l'inspecteur Buckingham. Non, je ne puis pas vous le communiquer avant de l'avoir lu à la famille. C'est-à-dire à sa veuve. M. Richard Osborne n'avait pas d'enfants. Elle est sa seule héritière légale.

– Et quand aura lieu cette cérémonie de l'ouverture du testament ?

– Lundi prochain, juste après le week-end. Chez Mme Osborne. J'ai voulu attendre que sa douleur se soit apaisée.

– Qui y sera convoqué ?

– En dehors de Mme Osborne, les personnes qui figurent dans ce testament. C'est-à-dire celles à qui Richard Osborne a fait des legs.

L'inspecteur Buckingham s'éventa distraitement avec son chapeau melon.

– Je suppose, maître, qu'étant donné la proximité de cette réunion, vous avez déjà prévenu les intéressés.

– C'est exact, inspecteur.

– Ces personnes savent donc qu'elles sont mentionnées dans le testament.

– J'imagine qu'elles doivent s'en douter.

– Vous avez donc, maître, révélé déjà, en quelque sorte, le contenu de ce document. Je ne vois donc pas pourquoi vous refuseriez de le communiquer à la police. Je vous rappelle d'ailleurs que je ne suis pas un policier ordinaire. J'appartiens au Royal Protection Group, chargé plus particulièrement de la sécurité de la reine et de sa famille.

Me Cree se leva d'un bond, claqua les talons et s'écria : « La reine ! Dieu la garde ! »

Il se rassit et prit un air gêné.

– Excusez-moi, inspecteur, j'ai fait partie pendant la guerre des Coldstream Guard et c'est ainsi que nous portions des toasts à la santé de la reine. C'était un simple réflexe.

– Je suis loin de vous en blâmer, maître, mais ne pourriez-vous par un autre réflexe de respect envers votre souveraine, que je représente, me dire simplement qui bénéficie d'un legs sur le testament de Richard Osborne ?

Le notaire s'agita sur son fauteuil, comme en proie à un combat intérieur.

– Tout ce que je peux vous dire, inspecteur, finit-il par lâcher, c'est que Mlle Cynthia Lemon y figure pour la somme de deux cent mille livres.

L'inspecteur Buckingham laissa échapper un léger sifflement.

– Une jolie somme, me semble-t-il, pour une dame avec laquelle il avait rompu depuis plusieurs semaines.

Le notaire marqua un peu d'embarras.

– En vérité, Richard Osborne pensait annuler ce testament. Il n'était en effet pas dans ses habitudes de couvrir d'or les personnes qui étaient sorties de sa vie.

L'inspecteur Buckingham prit quelques notes sur son petit carnet écossais puis il demanda d'une voix suave :

– Pensez-vous, maître, que Cynthia Lemon ait put être au courant de ce legs ?

– Assurément, inspecteur. Richard Osborne connaissait fort bien le pouvoir que son argent exerçait sur les filles. Il faisait miroiter cet appât avec beaucoup de talent.

– Et savait-elle qu'il se proposait, après l'avoir expulsée de sa vie, de l'expulser aussi de son testament ?

– Elle devait s'en douter, inspecteur. Ni lui, ni elle, n'étaient vraiment des sentimentaux. Elle savait sûrement que Richard Osborne rédigeait un nouveau testament à chaque nouvelle liaison puisqu'elle en avait bénéficié elle-même.

L'inspecteur Buckingham laissa errer sur ses lèvres un sourire philosophique. Son expérience lui avait appris que la plupart des crimes classés comme passionnels avaient des motifs intéressés.

– Cependant, reprit-il, Richard Osborne ne s'était pas encore décidé à rédiger ce nouveau testament lorsqu'il est mort.

– En effet, répondit le notaire. Je crois qu'il attendait pour cela d'avoir choisi une nouvelle bénéficiaire. En apparence, il ne l'avait pas trouvée.

– C'est ce que raconte son épouse. À l'entendre, il restait le soir à la maison au coin du feu depuis quinze jours. Elle en a déduit qu'il n'avait pas encore remplacé Cynthia Lemon.

– Sans doute, opina le notaire, avait-il besoin d'un petit répit. Il avait dépassé la cinquantaine.

L'inspecteur Buckingham tapota son chapeau melon d'un air lointain.

– De sorte, maître, que ce fut une bénédiction pour Cynthia Lemon que le décès de Richard Osborne soit intervenu avant qu'il l'ait remplacée, c'est-à-dire avant qu'il ait refait son testament.

– Cette jeune fille a eu en effet beaucoup de chance.

– Je vous remercie, maître, c'est tout ce que je voulais savoir.

L'inspecteur Buckingham nota simplement sur son petit carnet écossais : « Cynthia a-t-elle aidé la chance ? Mais comment aurait-elle su que le testament en sa faveur n'avait pas été annulé ? »

L'inspecteur Buckingham s'était décidé à rendre une seconde visite à la malheureuse veuve.

– J'ai la preuve, madame, que votre mari n'a pas eu le temps de révoquer le testament par lequel il léguait une véritable fortune à Cynthia Lemon.

Deborah Osborne porta une main à son cœur et poussa une série de petits cris, comme si elle allait rendre l'âme. Phillys Closter, la gouvernante, accourut et versa aussitôt une large dose de whisky dans un verre qu'elle tendit à sa patronne.

– Un peu d'eau fraîche ne serait-il pas préférable ? suggéra l'inspecteur Buckingham.

– Le whisky est souverain lorsqu'il s'agit de Mme Osborne, répondit la gouvernante avec un sourire de dédain. Elle a l'habitude d'en siffler une bouteille par jour.

Sous l'effet de l'élixir écossais, Deborah Osborne reprenait des couleurs.

– C'est affreux ce que vous m'apprenez, inspecteur, gémit-elle. Mon mari n'aurait donc pas annulé le testament qu'il avait fait en faveur de cette Cynthia Lemon !

– C'est ce que vous apprendra lundi prochain le notaire. Il vous donnera lecture de ce document. Mlle Lemon sera convoquée.

– Comment avez-vous appris tout cela ?

– Par mes informateurs, répondit sobrement l'inspecteur Buckingham.

Il ne se souciait pas de compromettre le notaire, qui lui avait parlé avec tant de franchise.

Deborah Osborne se tordit les mains.

– Dire que j'étais persuadée qu'il avait annulé ce testament ! Il le faisait toujours lorsqu'il rompait.

Elle avala une grande lampée de whisky.

– Je ne comprends pas, inspecteur, pourquoi il ne l'a pas fait cette fois-ci.

L'inspecteur épousseta avec soin son chapeau melon et le reposa sur ses genoux.

– Puis-je vous suggérer, madame, une explication ? Votre mari attendait peut-être, pour procéder à cette formalité, d'avoir remplacé celle qu'il avait répudiée.

Deborah Osborne se frappa le front d'un air hagard.

– Bien sûr ! Vous avez raison, inspecteur. Depuis quinze jours il ne quittait pas notre coin du feu. C'est qu'il n'avait pas trouvé de nouvelle égérie. Sotte que je suis ! J'aurais dû y penser ! Il n'a pas annulé l'ancien testament parce qu'il n'avait pas de nom à substituer à celui de Cynthia Lemon.

Elle se frappa encore le front avec violence.

– Sotte que je suis ! J'aurais dû y penser !

L'inspecteur Buckingham nota simplement sur son petit carnet écossais, cette phase interrogative : « J'aurais dû y penser ! Pourquoi Mme D.O. dit-elle cela ? Y penser avant de faire quoi ? »

7

– Vous avez été vu près du stand de Richard Osborne quelques instants avant sa mort. Lui avez-vous parlé et dans ce cas que lui avez-vous dit ?

Carré dans un des fauteuils de Stark qui meublaient le bureau de Jim Simpson, l'inspecteur Buckingham avait prononcé ces mots d'une voix sèche. Il était à la fois intimidé par l'architecte dont la réputation était mondiale et désireux de l'intimider à son tour. N'était-il pas sur sa liste des suspects, parmi ceux qui avaient été vus sur le stand de l'écrivain au moment de sa mort ? Il aurait fort bien pu verser subrepticement la potion meurtrière dans son verre de médicament et lui glisser à l'oreille, un peu plus tard, quelque nouvelle fatale qui l'aurait tué par syncope cardiaque.

– Je me suis en effet approché de Richard Osborne pour le saluer, reconnut l'architecte. Mais je n'ai pu le faire, car il était en grande conversation avec Nancy Munington, l'épouse du leader travailliste. Elle était accompagnée de son fils Jack. J'ai patienté quelques minutes mais leur entretien s'éternisait. Aussi ai-je renoncé à attendre.

– Vous n'avez donc pas parlé à Richard Osborne. Ça n'est pas ce que rapporte Cynthia Lemon, son attachée de presse.

Jim Simpson eut un geste agacé.

– Je viens de vous le dire inspecteur. Je n'ai pas eu la patience d'attendre qu'il ait fini de s'entretenir avec cette dame et son fils. Je ne comprends pas pourquoi cette demoiselle Lemon laisse entendre le contraire.

– Je veux bien vous croire, monsieur Simpson, bien que vous ne puissiez pas me le prouver. On vous a vu vous approcher du stand de Richard Osborne. Tel est le seul fait établi.

– On ne m'a pas vu lui parler.

– C'est-à-dire que je n'ai, en effet, pas de témoignage précis en ce sens.

L'inspecteur Buckingham consulta les notes qu'il avait prises sur son petit carnet écossais.

– J'imagine, monsieur Simpson, que Mme Munington et son fils venaient encore une fois supplier l'écrivain de renoncer à écrire la biographie de John Munington, leur époux et père.

– Je l'imagine aussi, inspecteur. D'après les échos qui courent, dans les petits journaux satiriques, cette biographie devait décrire avec des détails accablants certains scandales auxquels avait été mêlé John Munington. De l'avis général, la parution d'un tel ouvrage aurait mis fin à sa carrière politique.

– Mme Munington et son fils avaient donc de puissants motifs de souhaiter la mort de Richard Osborne.

– De très puissants, inspecteur. Et l'on peut dire que la Providence a comblé leurs vœux.

L'inspecteur Buckingham laissa errer sur ses lèvres un petit sourire.

– On pourrait en dire autant en ce qui vous concerne, monsieur Simpson !

– Je ne comprends pas ce que vous voulez dire.

– N'étiez-vous pas l'amant de Deborah Osborne ?

– On le dit, inspecteur.

– Ne jouez pas au plus fin avec moi, monsieur Simpson. Vous l'étiez, un point c'est tout. Et si vous

vous êtes approché d'Osborne à ce Festival, c'était surtout dans l'intention de le narguer.

Le visage de l'architecte était devenu dur.

– Il s'agit de ma vie privée ! Je ne vous permets pas...

– Il s'agit, coupa l'inspecteur, d'un des éléments qui vous rendent suspect d'avoir assassiné Richard Osborne. Vous pouviez être jaloux de lui.

– Vous renversez les rôles, inspecteur, c'est lui qui pouvait être jaloux de moi !

– Vous pouviez aussi souhaiter sa mort, qui vous aurait permis d'épouser sa veuve. Elle aurait hérité d'une grosse fortune et serait donc devenue un beau parti.

L'architecte éclata d'un rire méprisant.

– Qu'aurais-je à faire de quelques dizaines de milliers de livres ? Je suis un des architectes les plus riches du Royaume-Uni.

– Il s'agissait de quelques centaines de milliers de livres, monsieur Simpson.

L'architecte haussa les épaules.

– De toute façon, Deborah ne m'aurait pas épousé. Elle me répétait sans cesse qu'elle détestait les contraintes du mariage. En fait, elle attendait avec impatience le décès de son mari.

– Merci de me révéler ce détail, monsieur Simpson.

L'architecte, affolé, se leva à demi de son fauteuil.

– J'espère, inspecteur, que vous n'allez pas retenir cela contre elle.

– Je retiens simplement, monsieur Simpson, que vous tenez des propos qui la rendent encore plus suspecte d'avoir hâté ce décès.

L'architecte retomba dans son fauteuil, l'air accablé.

– Vous me faites dire ce que je n'ai jamais dit !

– Vous avez dit ce que vous avez dit, c'est tout.

L'architecte prit sa tête dans les mains comme s'il voulait cacher une mine défaite.

– Vous avez déclaré tout à l'heure, inspecteur, que ma liaison avec Mme Osborne était un des éléments qui me rendaient suspect d'avoir assassiné Richard Osborne. Quels sont les autres ?

– Il y en a au moins un, le désir de vengeance.

– Me venger de quoi, grands dieux !

– Richard Osborne ne vous avait-il pas pris pour modèle d'un des personnages de son roman *La Maison maudite*, un architecte d'avant-garde, aussi détestable par ce qu'il construit que par la façon dont il se conduit en privé ? Il couche en particulier avec la femme de son meilleur ami.

– Je n'étais pas le meilleur ami de Richard Osborne.

– D'après mes renseignements, vous l'aviez été. Vous vous fréquentiez, étudiants. Quand il s'est marié, vous avez été son témoin et plus tard un des invités réguliers à son foyer. Vous en avez profité pour séduire sa femme.

– C'est elle qui s'est jetée à ma tête, lança l'architecte sur un ton suffisant.

L'inspecteur Buckingham ne résista pas au désir de le moucher.

– D'après ce que j'ai appris, monsieur Simpson, l'épouse de Richard Osborne s'est jetée à votre tête, non pas parce qu'elle vous trouvait irrésistible, mais parce qu'elle voulait se venger de son mari qui la trompait ouvertement. Je me demande si sa liaison avec vous survivra au décès de son mari.

L'architecte se leva si brusquement et saisit sur son bureau avec tant d'emportement un lourd cendrier de marbre que l'inspecteur Buckingham jugea plus convenable de prendre congé. Il avait horreur des pugilats.

Le Punch Tavern, à Fleet Street était un repaire de journalistes. Ils venaient y boire au crépuscule et soutenir énergiquement leur réputation d'alcooliques. Les murs étaient décorés de caricatures et de vieux journaux du siècle dernier soigneusement encadrés. On y rencontrait aussi des attachés de presse, en général de jeunes personnes avenantes, assez bien acceptées par la clientèle en majorité masculine et donc un peu misogyne comme il faut s'y attendre en Angleterre.

L'inspecteur Buckingham vint prendre un verre dans la soirée au bar de cet antique et pittoresque pub. Il espérait y trouver Cynthia Lemon et Patrick Rushman, habitués de ces lieux, à en croire la directrice de l'Agence P.R.A. Son attente ne fut pas déçue. Les deux jeunes gens entrèrent peu après lui et vinrent s'asseoir au fond du pub, à l'endroit le plus sombre. L'inspecteur se leva du bar et alla s'installer non loin d'eux, à un endroit non moins sombre, en prenant soin de leur tourner le dos. Il les entendit commander de la bière et des sandwiches au fromage. Il tendit l'oreille mais ne put saisir que des bribes de leur conversation tant les journalistes agglutinés au bar parlaient fort. Il entendit toutefois Patrick Rushman s'écrier, probablement en réponse à une question de Cynthia Lemon : « Il ne faut surtout pas le lui dire ! » Cynthia répliqua aussitôt, d'une voix effrayée : « Mais c'est moi qu'il va croire coupable ! »

L'inspecteur Buckingham se souvint de l'interrogatoire auquel il avait soumis la jeune fille, juste après la mort de l'écrivain. Lorsqu'il lui avait demandé si elle avait entendu ce que Deborah Osborne avait dit à son mari dans les instants précédant sa mort, elle avait hésité ! Pourquoi ? Patrick Rushman qui l'avait escorté en se faisant passer pour avocat l'avait, semble-t-il, encouragée à se taire.

L'inspecteur prêta encore l'oreille. Il put tout juste saisir cette exclamation de Cynthia Lemon : « Mais pourquoi ? Pourquoi ? » Voulait-elle dire : « Pourquoi devrais-je me taire ? » L'inspecteur Buckingham se posait précisément la même question. Il se retourna et dévisagea discrètement les deux jeunes gens.

Ils étaient venus à bout de leurs sandwiches et achevaient de vider leurs verres. Patrick Rushman appela le serveur et paya. Où iraient-ils ensuite tous les deux ? L'inspecteur hésita. Allait-il les suivre pour recueillir d'autres indices prouvant qu'ils étaient amants ? *Non sense* ! La façon dont ils se tenaient les mains sous la table était assez éloquente.

L'inspecteur n'hésita plus. Il se leva, alla vers la table des deux tourtereaux, les salua et s'assit sans façon.

– Pardonnez mon intrusion, dit-il. Mais je n'ai pu réfréner ma curiosité. Puis-je vous offrir quelque chose ?

Cynthia Lemon semblait aussi effrayée que Patrick Rushman paraissait désemparé.

– Je prendrais bien une autre bière, balbutia la jeune femme.

– Moi aussi, osa Patrick Rushman d'une voix guère plus assurée. Que voulez-vous de nous, inspecteur ?

– J'aimerais d'abord que vous m'expliquiez, monsieur, pourquoi, l'autre jour, quand j'ai convoqué Mlle Lemon pour l'interroger, vous avez cru devoir l'accompagner.

– Elle avait l'air si inquiète, inspecteur, je voulais la réconforter par ma présence.

– Et pourquoi était-elle si inquiète ?

– Elle avait l'impression que vous la soupçonniez d'être pour quelque chose dans la mort de M. Osborne.

– Étrange impression. Rien ne l'accusait... si ce n'est d'avoir été l'attachée de presse du défunt. Mais elle n'avait pas de raison de se venger de son patron qui, je crois, la traitait bien. Je ne pense pas qu'il y ait eu entre eux de relations particulières.

L'inspecteur mentait comme Cynthia Lemon lui avait menti. Il voulait laisser les deux jeunes gens s'enferrer.

– Si d'ailleurs Mlle Lemon avait eu une liaison avec Richard Osborne et qu'il l'eût congédiée, ajouta-t-il, elle n'aurait pas eu de raison de se venger puisque vous auriez été là pour la consoler.

– Je ne vois pas ce qui vous permet de dire cela, inspecteur.

– Je vous ai vu vous tenir tous les deux les mains sous la table. Votre entourage n'a guère de doute, d'ailleurs, sur la nature de vos relations.

Patrick Rushman baissa la tête. L'inspecteur Buckingham nota qu'il ne songeait pas à nier. Il est vrai que se tenir les mains sous la table dans un pub aussi traditionnel pouvait passer pour un dévergondage exceptionnel.

– De quand datent vos relations ? insista l'inspecteur.

– De plus d'un mois, murmura le jeune homme en baissant les yeux comme s'il avait honte.

C'était donc avant qu'Osborne rompe avec Cynthia Lemon, songea l'inspecteur.

– Et pourquoi, monsieur, reprit l'inspecteur, vous êtes-vous fait passer auprès de moi pour l'avocat de Mlle Lemon alors que vous êtes clerc chez le notaire de Richard Osborne, Me Cree ?

– J'ai certes eu tort, inspecteur. Mais comment aurais-je pu justifier autrement ma présence aux côtés de Cynthia lorsque vous l'avez convoquée ?

L'inspecteur Buckingham tapota son chapeau melon contre son genou d'un air impatient.

– Vous vouliez la réconforter, dites-vous. Je crois, moi, que vous vouliez surtout l'empêcher de me confier quelque chose.

Patrick Rushman afficha un air si surpris qu'il en était faux.

– Qu'aurais-je pu vouloir l'empêcher de dire, inspecteur ?

– De me révéler les dernières paroles de Mme Osborne à son mari. Ces dernières paroles qui ont pu le tuer.

Patrick Rushman prit un air encore plus étonné.

– Je me demande pourquoi vous imaginez cela, inspecteur ! Quel intérêt aurais-je eu à empêcher Cynthia de vous donner ce renseignement, à supposer qu'elle ait eu quelque chose à dire ?

– Je n'ai rien entendu, intervint Cynthia Lemon, du moins rien qui m'ait assez frappée pour que je m'en souvienne.

– Je sais, coupa l'inspecteur Buckingham, vous me l'avez déjà dit.

Patrick Rushman afficha une mine agacée et se leva à demi de sa chaise.

– Je crois que nous allons vous demander la permission de partir, inspecteur. Nous vous sommes très reconnaissants de ce verre, mais je crains d'avoir pour la soirée des projets qui nous empêchent de la passer en votre compagnie.

L'inspecteur Buckingham ne chercha pas à retenir les deux jeunes gens. Il estimait qu'il ne tirerait rien de plus d'eux à moins d'employer la torture, dont l'usage était, hélas pour la police, passé de mode depuis deux siècles.

8

Maître Cree ouvrit la grande enveloppe de papier blanc, en tira le testament de Richard Osborne et commença à en donner lecture.

Étaient présents Deborah Osborne, Cynthia Lemon, l'architecte Jim Simpson, Phillys Closter, la secrétaire-gouvernante du défunt, et John Glaston son jardinier.

Par faveur spéciale et eu égard à la reine, le notaire avait autorisé l'inspecteur Buckingham à assister à la cérémonie à condition qu'il se tînt tout au fond de la pièce sur une petite chaise près de la porte d'entrée.

Le notaire avait refusé de laisser pénétrer son clerc Patrick Rushman dans son bureau. Cynthia Lemon était venue à son bras.

– Je regrette, monsieur Rushman, lui avait dit fermement le notaire, mais seules les personnes concernées doivent assister à l'ouverture du testament. Je vous prierai donc de retourner dans votre bureau. Je vous rappellerai pour les formalités.

Patrick Rushman obtempéra avec mauvaise humeur. L'inspecteur Buckingham l'entendit grommeler comme il passait la porte : « Après tout, ça me concerne moi aussi. »

Le notaire avait d'abord énuméré plusieurs petits legs consentis à des associations d'écrivains et à diverses œuvres de secours aux littérateurs nécessiteux. Il en vint ensuite aux legs domestiques.

« Je lègue, lut-il d'une voix qu'il avait haussée d'un ton, la somme de mille livres à M. Glaston, mon jardinier, en reconnaissance des soins attentifs dont il a entouré mes fleurs.

« Je lègue la somme de dix mille livres à ma fidèle secrétaire Mlle Phillys Closter en remerciement de l'aide qu'elle m'a apportée dans mes travaux. »

Phillys Closter qui s'était assise au dernier rang poussa un léger cri de surprise puis fondit aussitôt en larmes.

– Vous avez bien dit dix mille livres ? reprit Deborah Osborne d'une voix aigre-douce.

– Certainement, dix mille livres, confirma Me Cree.

Deborah Osborne haussa les épaules d'un air à la fois méprisant et résigné comme si elle voulait laisser entendre que feu son mari n'avait plus toute sa tête quand il avait rédigé ce document.

Phillys Closter qui avait, derrière son mouchoir, remarqué ce manège répliqua à son tour d'une voix légèrement pincée : « Monsieur Osborne savait reconnaître les vrais dévouements. »

Le notaire se hâta de lire la suite :

« Je lègue à mon bon ami Jim Simpson le trophée suspendu au-dessus de la console de mon entrée, formé d'un crâne de cerf garni de ses cornes. Cet objet lui rappellera combien je lui suis reconnaissant d'avoir aidé ma chère épouse à garder sa santé morale. »

– C'est vraiment d'un goût exquis ! s'exclama l'architecte.

Le notaire fit un geste de la main pour bien montrer qu'il n'était en rien responsable de cette blague infecte et qu'il avait même essayé d'en dissuader son client. Il reprit sa lecture.

« Je lègue à Mlle Cynthia Lemon, la somme de deux cent mille livres en espèces à prélever sur mon compte en banque, en reconnaissance des bons soins qu'elle a apportés à l'ascension de mes livres. »

Deborah Osborne partit d'un rire strident.

– On sait bien à l'ascension de quoi Mlle Lemon a surtout apporté ses soins, persifla-t-elle.

– Oh ! Madame ! s'exclama le notaire, choqué.

Cynthia Lemon avait accueilli d'un sourire placide et comme si elle s'y attendait, la lecture du paragraphe qui faisait d'elle une femme riche.

– Voilà, dit le notaire, j'ai tout lu. Mon clerc, M. Rushman, vous enverra à chacun une copie de ce document.

Sur le pas de la porte, l'inspecteur Buckingham arrêta Cynthia Lemon.

– Saviez-vous en venant ici, mademoiselle, lui demanda-t-il, que ce testament contenait un legs en votre faveur ?

– Je le savais, puisque Me Cree m'avait convoquée pour entendre la lecture de ce document. Il ne l'aurait pas fait si je n'y avais pas figuré.

L'inspecteur Buckingham laissa passer un temps puis lança d'une voix sèche :

– Je sais que vous avez été la maîtresse de Richard Osborne.

Cynthia Lemon se récria. Qui lui avait raconté ce mensonge ?

– Plusieurs personnes dignes de foi, mademoiselle, dont Mme Osborne qu'on ne peut pas soupçonner de l'avoir inventé. Et votre directrice me l'a confirmé.

– Ah ! la salope !

– Vous reconnaissez donc, en l'injuriant ainsi, qu'elle a dit vrai ?

Cynthia Lemon baissa la tête sans répondre.

– Je sais aussi, reprit l'inspecteur, que Richard Osborne avait rompu avec vous quinze jours environ avant sa mort. N'êtes-vous pas étonnée qu'il vous ait cependant légué une pareille fortune ?

– Sans doute était-il reconnaissant de mes bons soins comme il l'a écrit dans son testament.

– Ne vous avait-il pas annoncé son intention d'annuler ce legs ?

Cynthia Lemon hésita avant de répondre.

– Il ne me l'a pas directement annoncé, lâcha-t-elle, mais il m'avait prévenue, il y a longtemps, que chaque fois qu'il prenait une nouvelle maîtresse il transférait à son nom les largesses testamentaires qu'il avait accordées à la précédente.

L'inspecteur Buckingham saisit le bras de la jeune femme et plongea ses yeux dans les siens.

– Saviez-vous, mademoiselle, qu'au moment de sa mort, Richard Osborne n'avait pas encore annulé votre legs, tout simplement parce qu'il ne vous avait pas encore trouvé de remplaçante ?

– Vous me croirez si vous voulez, inspecteur, mais je l'ignorais.

– Votre nouvel amant, qui est clerc chez Me Cree, ne vous l'avait-il pas dit ?

Cynthia Lemon se dégagea sans répondre et se dirigea d'un pas pressé vers Patrick Rushman qui l'attendait dans l'entrée. L'inspecteur remarqua qu'il la couvrait d'un regard interrogateur.

« Je la croirai en effet, si je veux », songea par-devers lui, l'inspecteur Buckingham en reprenant la phrase de Cynthia Lemon.

L'inspecteur Buckingham se dirigeait vers la station de métro Saint-Paul pour regagner son bureau au palais. Il avait l'esprit tout occupé des épisodes de cette étrange lecture de testament et ne s'aperçut pas que Cynthia Lemon et Paul Rushman le précédaient d'une vingtaine de mètres. Il ne le remarqua que lorsqu'ils firent soudain demi-tour et le croisèrent. Ils remontaient Newgate Street à pas pressés comme si une tâche urgente les appelait. Repris par ses instincts de limier qui l'avaient tant fait apprécier jadis à Scotland Yard, l'inspecteur Buckingham les suivit à distance. À son grand étonnement, il les vit entrer dans l'étude de Me Cree.

Y avaient-ils oublié un sac ou un parapluie ? L'inspecteur Buckingham attendit, embusqué dans une porte cochère. Ce n'est qu'au bout de vingt minutes que les deux jeunes gens ressortirent. Qu'avaient-ils mijoté avec le notaire ?

Revenu à son bureau, l'inspecteur Buckingham appela Me Cree qui reconnut sans difficulté avoir reçu la visite du couple. Mais, se réfugiant derrière le secret professionnel, il refusa de révéler le but de leur démarche.

L'inspecteur Buckingham dut se contenter de tracer un grand point d'interrogation sur son petit carnet écossais.

9

– Ma parole ! s'écria Mme Smith, mais on dirait bien qu'il s'agit de tes clients !

Elle passa le *Daily Express* à son mari par-dessus la table du petit déjeuner. L'inspecteur lut à voix haute l'entrefilet qu'elle lui désignait :

« Les pompiers de Brighton ont sauvé de justesse une jeune femme, Cynthia Lemon, prisonnière d'une voiture qui était tombée dans un canal à quelques kilomètres de la station balnéaire. Le conducteur, Patrick Rushman, avait, en franchissant un petit pont, perdu le contrôle de son véhicule. Il avait eu le temps d'en sortir, tandis que la voiture s'enfonçait sous l'eau, mais n'avait pas réussi à dégager sa compagne. Heureusement un peu d'air resté prisonnier sous le toit avait permis à la jeune femme de respirer jusqu'à l'arrivée des pompiers, alertés par le conducteur. Il a été interrogé par la police après avoir subi une prise de sang qui a révélé une forte imprégnation alcoolique. Cynthia Lemon a été transportée à l'hôpital où elle restera quelques jours en observation.

« Cet incident a rappelé à beaucoup celui qui avait coûté la vie en juillet 1969 à Marie-Jo Kopechne, passagère de Ted Kennedy. En passant un pont, Kennedy avait perdu le contrôle de sa voiture qui était tombée à l'eau. Le conducteur avait pu s'extraire du véhicule. Mais sa passagère était morte noyée. Le scandale avait été énorme à l'époque, et la carrière politique de Ted Kennedy sérieusement compromise. »

Ces événements avaient paru si étranges à l'inspecteur Buckingham qu'il avait aussitôt téléphoné à l'hôpital de Brighton. On lui confirma que Cynthia Lemon était hospitalisée depuis la veille, au début de l'après-midi. L'accident avait eu lieu vers quatorze heures. Non, on ne pouvait pas lui passer la jeune femme qui était encore choquée. Les médecins avaient interdit toute visite. Peut-être serait-elle autorisée à lui parler un peu plus tard dans la journée. Qu'il rappelle donc en fin d'après-midi.

L'inspecteur, face à ces atermoiements, décida de sacrifier sa journée pour se rendre en personne à Brighton, à moins d'une heure de Londres par le train.

Les médecins, lorsqu'il produirait sa carte d'inspecteur du Royal Protection Group, ne pourraient lui refuser d'avoir un court entretien avec Cynthia Lemon. Elle n'était pas choquée au point de ne pouvoir répondre à quelques questions simples !

– Où est votre... votre fiancé ? demanda l'inspecteur Buckingham.

– Patrick... murmura Cynthia Lemon en soulevant péniblement sa tête de l'oreiller. On m'a dit qu'il était retenu au poste de police. Il doit passer cet après-midi devant le tribunal. Il risque la prison pour conduite en état d'ivresse.

– Avait-il beaucoup bu avant de prendre le volant ?

– Nous avions fait un repas, un peu arrosé, c'est vrai, sur la jetée-promenade de Brighton. Nous avions voulu fêter mon magnifique héritage. Mais nous n'avons pas tellement bu. Quelques portos avant le repas. Nous avions aussi commandé du vin français.

– Une seule bouteille ?

– Je crois qu'à la fin du repas, Patrick avait réclamé en supplément une demi-bouteille. J'ai été un peu surprise, je dois l'avouer. D'ordinaire Patrick était plutôt sobre. Il est vrai que deux cent mille livres, cela fait tourner la tête de l'homme le plus raisonnable.

– Mais ce n'est pas lui qui a hérité, fit remarquer l'inspecteur Buckingham, c'est vous, mademoiselle.

– Oh ! lui ou moi, c'est la même chose, inspecteur. Nous sommes comme les deux doigts de la même main.

L'inspecteur Buckingham fronça légèrement les sourcils. De la même main, peut-être, n'empêche que l'un des deux doigts avait failli noyer l'autre. Ted Kennedy, dans des circonstances semblables, n'avait jamais pu expliquer sa conduite. C'est-à-dire pourquoi il avait couru chercher du secours au lieu de plonger pour tenter de dégager Marie-Jo Kopechne.

– Votre ami aurait pu essayer de vous dégager, dit l'inspecteur Buckingham d'une voix méfiante. S'il n'y avait eu cette poche d'air sous le toit de la voiture, vous n'auriez pas survécu jusqu'à l'arrivée des pompiers.

– Certes, inspecteur, mais il y avait cette poche d'air.

– Il ne pouvait pas le savoir.

– Je ne sais pas ce que vous voulez chercher à prouver, inspecteur. Je suis vivante et mon pauvre Patrick va peut-être passer plusieurs jours en prison.

L'inspecteur Buckingham se leva.

– Je vais, de ce pas, aller lui rendre visite au poste de police. Je lui dirai que vous lui pardonnez.

– Mais je n'ai rien à lui pardonner inspecteur ! L'accident qui est arrivé est aussi bien de ma faute. J'aurais dû l'empêcher de prendre le volant après tout ce qu'il avait bu.

Cynthia Lemon enfouit sa tête dans les oreillers et gémit : « Mon pauvre petit Patrick, c'est lui qui doit me pardonner ! »

L'agent de police ouvrit la porte de la cellule. L'inspecteur Buckingham entra et s'assit sur la couchette à côté de Patrick Rushman qui, la tête dans les mains, faisait mine de ne pas s'être aperçu de sa présence.

– Je viens de parler au juge, dit l'inspecteur Buckingham. Je lui ai raconté votre histoire. Cela l'a touché. Je crois qu'il sera indulgent.

Patrick Rushman releva brusquement la tête.

– Quelle histoire ? Que lui avez-vous raconté ?

– Je lui ai expliqué que vous aviez un peu trop fêté avec votre bonne amie la fortune subite qui lui était échue.

– Comment savez-vous que c'est ma bonne amie ?

– Elle me l'a laissé entendre.

Patrick Rushman haussa les épaules.

– Vous avez dû être considérablement étonnés tous les deux de ce legs fantastique, continua l'inspecteur.

– Pourquoi aurions-nous été étonnés, inspecteur ?

– Parce que Richard Osborne avait l'habitude de rayer de son testament les jeunes personnes avec lesquelles il avait rompu.

– Nous le savions. Nous pensions qu'il l'avait fait puisqu'il avait, quinze jours avant sa mort, rompu avec Cynthia. Je pense qu'il attendait de l'avoir remplacée.

– Évidemment, votre amie ignorait que Richard Osborne n'avait pas encore modifié son testament.

– Je le pense. Mais elle croyait sans aucun doute qu'il l'avait fait.

L'inspecteur Buckingham se souvint que Cynthia Lemon lui avait tenu les mêmes propos. Si elle avait su que l'écrivain n'avait rien annulé, elle aurait eu de puissants motifs pour attenter à ses jours, songea l'inspecteur. Mais fallait-il la croire ? Et le clerc de Me Cree n'était-il pas au courant ?

– Nous n'avons jamais parlé de cette question, affirma Patrick Rushman. Et le testament était dans le coffre de Me Cree.

Fallait-il le croire, lui aussi ?

– N'est-ce pas en apprenant votre liaison avec Cynthia Lemon, demanda l'inspecteur, que Richard Osborne a rompu avec elle ?

– Impossible qu'il l'ait apprise, inspecteur. Nous nous voyions en cachette. Il n'en a jamais eu le moindre soupçon.

– N'est-ce pas un peu choquant que votre amie ait eu ainsi une double vie ?

– Pendant quinze jours seulement, inspecteur. Jusqu'au moment où Richard Osborne a annoncé à Cynthia que tout était fini entre eux.

– Elle a tout de même pris pendant ces quinze jours le risque que Richard Osborne apprenne sa liaison avec vous et la déshérite aussitôt.

Patrick Rushman esquissa un léger sourire.

– Elle se doutait bien que de toute façon il allait rompre. Elle s'est en quelque sorte consolée par avance.

– Et par une chance extraordinaire, Richard Osborne est mort avant d'avoir annulé son legs de deux cent mille livres à votre... à votre fiancée.

– C'est en effet une chance extraordinaire que nous avons eue.

– Nous ? Comment cela nous ?

– Oui, nous, inspecteur. Tout ce que possède Cynthia est à moi et réciproquement.

– Tant que durera votre liaison.

– Elle durera toujours, inspecteur ! s'écria Patrick Rushman avec flamme.

– Et si Cynthia Lemon venait, ce qu'à Dieu ne plaise, à passer pour une raison heureusement improbable, de vie à trépas ?

– Nous l'avons prévu, inspecteur, Cynthia Lemon a rédigé un testament en ma faveur par lequel elle me lègue toute sa fortune.

Me Cree devait confirmer le lendemain à l'inspecteur Buckingham que Cynthia Lemon avait bien fait pardevant lui, un testament en faveur de son jeune amant.

– Ils sont revenus à mon étude, quelques minutes après la séance de lecture du testament de Richard Osborne. Cynthia Lemon semblait pressée de rédiger ce testament. Elle m'expliqua qu'elle voulait à tout prix éviter que, s'il lui arrivait malheur, sa fortune toute fraîche allât enrichir ses parents qu'elle détestait. Ils avaient divorcé quand elle était très jeune. Son père ne s'était jamais occupé d'elle et sa mère s'en était débarrassée en la mettant en pension.

– De sorte, résuma l'inspecteur Buckingham, qu'avec ce nouveau testament, Patrick Rushman, en cas de décès de Cynthia Lemon, serait devenu riche de deux cent mille livres.

– Oui, inspecteur, et d'après ce que vous m'avez raconté, cela a bien failli se produire avant-hier !

10

– Le prince Charles ! s'écria l'inspecteur Buckingham d'une voix où la surprise le disputait à la déférence.
– Le prince Charles lui-même, confirma le valet. Il vous attend dans le bureau de Sa Majesté.

L'inspecteur Buckingham pressait le pas dans les interminables couloirs de Buckingham. On ne faisait pas attendre une Altesse royale. C'était la première fois qu'il était convoqué dans le bureau de la reine. Il se demandait quel événement pouvait expliquer une démarche aussi insolite. La découverte d'un projet d'attentat qui visait Sa Majesté ? Ou le prince Philip ? Ou le prince Charles lui-même ?

– Ah ! Vous voilà inspecteur, s'exclama le prince dès que l'inspecteur eut franchi le seuil du bureau de la reine. Il n'y a pas un instant à perdre !
– Certainement, Votre Altesse royale. Craint-on un attentat ?
Le prince Charles fit un geste évasif, accompagné d'un sourire malicieux.
– Vous ne croyez pas si bien dire, inspecteur. Nous

allons en effet invoquer la menace d'un attentat pour vous faire inviter à la chasse de M. Schuston, l'éditeur.

L'inspecteur Buckingham montrait une mine si ahurie que le prince eut pitié de lui.

– Je vais vous expliquer, inspecteur, dit-il avec un geste apaisant de la main. La démonstration comprend quatre points. Premièrement : la reine est très contrariée du crime qui a été commis dans son Salon Vert et désire que le coupable soit démasqué le plus rapidement possible. Deuxièmement : parmi les personnes qui ont pu empoisonner le verre de Richard Osborne figurent l'épouse et le fils de John Munington, le leader travailliste. Richard Osborne avait commencé en effet à écrire une biographie de ce personnage où étaient révélés des faits scandaleux : tripotages et pots de vin. John Munington n'avait pu obtenir qu'il y renonce. Osborne espérait un gros tirage. Troisièmement : M. Rupert Schuston, propriétaire des éditions Schuston and Mark qui devait éditer ce livre a eu l'idée de réunir dans sa propriété de chasse près de Reading, la veuve d'Osborne et la famille Munington afin d'essayer de négocier un arrangement dans une atmosphère détendue, ce qui laisse supposer que le livre était assez avancé. Quatrièmement : il serait souhaitable que vous assistiez à cette amicale réunion. Vous aurez sûrement l'occasion d'y glaner d'intéressantes observations qui feront peut-être avancer votre enquête. Voilà, inspecteur.

– Le plan de Votre Altesse royale est d'une admirable sagacité. Mais sous quel prétexte pourrais-je donc bien m'introduire dans cette société distinguée ?

– J'y ai pensé, bien entendu, inspecteur. Votre supérieur du Royal Protection Group, le major Ronson, vous y aura envoyé en mission pour protéger la propriété et ses hôtes contre un possible attentat terroriste.

– Contre John Munington ?

– Par exemple.

– Un attentat irlandais ?

– Irlandais, iranien, srilankais, libyen, ce ne sont pas

les possibilités d'attentats contre un homme politique qui manquent. Bien entendu, inspecteur, cette menace est fictive et ne constituera qu'un prétexte pour vous imposer comme invité à cette réunion. Vous aurez ainsi tout le loisir d'espionner les réactions des uns et des autres et spécialement celles des Munington. S'ils ont commis un crime pour empêcher la parution de ce livre, il est possible qu'ils en commettent un autre pour qu'il soit à tout jamais enterré.

L'inspecteur Buckingham leva les bras au ciel.

– Votre Altesse royale pense-t-elle à un crime contre l'éditeur ?

– C'est une hypothèse à envisager. Je crois savoir que Schuston, possède sans doute un plan et un brouillon du livre pour lequel il a payé, dit-on, de gros à-valoir. Il espère des ventes énormes et n'est pas prêt à y renoncer. Si quelque chose est tenté contre lui au cours de ce week-end de chasse, nous pourrons soupçonner les Munington. Et les désigner aussitôt comme les exécutants du premier crime.

– Vous voulez dire les suspects, Votre Altesse royale.

– Les coupables, inspecteur, les coupables. Le crime est une habitude qui se prend vite ! J'en ai l'expérience héréditaire. N'oubliez pas que je suis le descendant d'Henri VIII.

L'inspecteur Buckingham, impressionné par cette évocation historique, hocha la tête avec componction. Sans oser l'exprimer, il s'étonnait par-devers lui que la famille royale montrât tant d'intérêt pour ce fait divers médiocre, même s'il s'était produit sous le toit d'un de ses palais. Pour la première fois, il en vint à soupçonner qu'un de ses membres pouvait avoir été mis en cause dans la scandaleuse biographie de John Munington.

– J'ai peine à croire que cette Mme Munington puisse avoir commis le crime, dit Mme Smith en posant sur la table l'odorant bread-and-butter pudding, une autre de ses spécialités.

L'inspecteur Buckingham huma les senteurs délicieuses qui montaient de ce merveilleux dessert anglais.

Mme Smith fronça les sourcils.

– Tu ne m'écoutes pas. Je te disais que je ne pouvais me résoudre à croire à la culpabilité de Nancy Munington.

– Excuse-moi, j'étais distrait par les effluves enivrants de ton pudding. Mais j'avais tout de même entendu ta réflexion. Elle m'étonne. Pourquoi Nancy Munington n'aurait-elle pas assassiné l'homme qui s'apprêtait à déshonorer son mari ?

– Pour trois raisons. La première est que cela ne servait à rien d'assassiner l'auteur. Car sa veuve transmettra les notes et le brouillon à l'éditeur, qui en tirera un livre plus ou moins cohérent avec l'aide d'un nègre. Elle y a un puissant intérêt puisqu'elle hérite des droits d'auteur de son mari.

– Mme Munington n'aura peut être pas cru qu'on pouvait composer un vrai livre à partir de notes et de brouillons, objecta l'inspecteur.

– Peut-être.

– Elle aura pu penser en finir avec le livre en supprimant son auteur avant qu'il l'ait vraiment écrit.

– C'est possible. Seconde raison, je ne crois pas qu'à notre époque il existe encore des femmes qui tuent par amour pour leur mari. Enfin, je crois encore moins qu'une femme commettrait un crime en présence de son fils.

– Jack Munington n'est plus un enfant au maillot. Il a vingt ans bien sonnés. C'est largement l'âge de raison. Qui nous dit que ce n'est pas lui qui a poussé sa mère à verser la drogue fatale dans le verre d'Osborne ?

– Serait-ce alors lui ou elle qui lui a glissé une phrase effrayante qui l'a littéralement foudroyé ?

L'inspecteur Buckingham secoua la tête.

– C'est le mystère de cette petite phrase qui m'intrigue

le plus. Si le coupable est Cynthia Lemon, elle aura pu lui annoncer qu'elle avait un amant, ce qui a pu faire enrager Osborne. Il était du genre à ne pas supporter qu'on le remplace aussi vite. Si le coupable est sa femme, lui a-t-elle glissé à l'oreille qu'elle avait pris un nouvel amant ?

– À mon avis, dit Mme Smith, cela n'aurait pas dû l'affoler exagérément. Il était habitué à ce genre d'infortune.

– Enfin, si le coupable est Jim Simpson, j'imagine mal ce qu'il aurait pu lui dire d'aussi bouleversant.

– Peut-être, dit Mme Smith d'une voix malicieuse, lui a-t-il annoncé qu'il lui rendait sa femme.

– Oh ! fit l'inspecteur Buckingham, légèrement choqué que son épouse plaisantât à propos d'un crime. Mais il ne put s'empêcher de rire.

11

Rupert Schuston était venu au volant de sa Bentley accueillir lui-même à la gare de Reading l'inspecteur Buckingham. Celui-ci ne douta point qu'il devait ces égards au fait que sa visite avait été annoncée par la Maison de la Reine.

– Je vous suis très reconnaissant, inspecteur, lui dit l'éditeur avec chaleur, d'avoir pris sur votre précieux temps de gardien de Notre Majesté pour venir me protéger des redoutables terroristes dont m'a parlé votre chef, le major Ronson.

– Très redoutables, paraît-il, lâcha l'inspecteur Buckingham d'une voix incertaine.

– Le secrétariat du prince Charles m'a confirmé que votre président aiderait à déjouer ces complots. Pouvez-vous m'en dire plus, inspecteur ?

– En vérité, monsieur Schuston, je crains que cela ne me soit difficile. Ces choses-là sont secrètes, voyez-vous. Mais vous pouvez être assuré que je monterai bonne garde.

L'éditeur afficha une mine agacée.

– Je croirais volontiers, inspecteur, que ces menaces terroristes ont un rapport avec la réunion que j'ai préparée pour ce week-end !

– C'est possible, dit l'inspecteur Buckingham d'un air innocent. De quelle réunion s'agit-il ?

– J'ai invité à cette partie de chasse d'un côté Mme Nancy Munington et son fils Jack, épouse et fils du leader travailliste John Munington ; de l'autre, Mme Deborah Osborne, la veuve de l'écrivain et son ancienne secrétaire, Mlle Phillys Closter. Ils doivent débattre avec moi de l'opportunité de publier dans ma maison d'édition la biographie de Jack Munington qu'a largement ébauchée Richard Osborne. L'épouse et le fils de Munington ont évidemment le plus grand intérêt à ce qu'elle ne paraisse pas, car elle révèle certaines turpitudes de leur mari et père ; tandis que la veuve de l'écrivain nourrit des intérêts exactement contraires : la parution du livre lui rapporterait sans doute une jolie somme.

– À condition, remarqua l'inspecteur Buckingham, que l'ouvrage existe réellement. Je me suis laissé dire qu'il n'était qu'à l'état de notes et de brouillons.

Rupert Schuston se renversa avec un bon rire dans le fauteuil de cuir de la Bentley.

– Mais, inspecteur, c'est très fréquemment le cas dans l'édition. Y compris pour de grands best-sellers. L'auteur en titre ne fournit souvent qu'un plan assorti de quelques notes. Parfois même il ne nous fait parvenir qu'un paquet de cassettes. Nous avons heureusement sous la main quelques nègres qui savent tirer un gros livre d'une maigre documentation. Et ce que m'a remis Mme Osborne n'est pas mince. Le dossier laissé par son mari contient une épaisse liasse de notes, des brouillons des six premiers chapitres et les plans de la suite. C'est plus qu'il nous en faut pour sortir une biographie détaillée de John Munington.

L'inspecteur hocha la tête avec componction.

– Et bien entendu, monsieur Schuston, vous n'êtes pas disposé à abandonner ce projet, quelque désagréable qu'il puisse être pour John Munington et sa famille.

L'éditeur sourit d'un air chafouin.

– Voyez-vous, inspecteur, je suis avant tout un

homme d'affaires. Je me détermine selon mes intérêts. Mon intérêt est pour l'instant de publier ce livre.

– Vous voulez dire votre intérêt financier ?

– Certes. Pourrait-il y avoir d'autres intérêts en jeu autour de la publication de cette biographie ?

L'inspecteur Buckingham se tut. Il n'oubliait pas qu'il était l'invité de Rupert Schuston. Il n'aurait pas été convenable de lui faire remarquer qu'outre son portefeuille, sa santé pouvait être en jeu dans cette affaire.

– Pourquoi M. John Munington ne s'est-il pas joint à vos invités ? reprit-il.

– Je l'en avais prié bien entendu, mais il a prétexté une importante réunion politique pour se défiler. « Ma femme me représentera très bien », m'a-t-il affirmé. Je regrette son absence, car c'est un homme faible et je l'aurais facilement roulé dans la farine.

– J'imagine que sa femme est plus coriace.

– Vous pouvez dire, inspecteur, que c'est une véritable virago. Avec elle, je vais souffrir.

L'inspecteur tapota d'un air détaché son chapeau melon qu'il avait posé sur ses genoux.

– Que vouliez-vous dire, monsieur Schuston, quand vous affirmiez que vous auriez facilement roulé M. Munington dans la farine ?

– Je voulais dire que j'aurais très vite obtenu son accord pour la publication de sa biographie. Je lui aurais juré que les passages qui le gênaient seraient supprimés. Il m'aurait alors donné son accord par écrit, pour la publication du livre. Moyennant peut-être un petit intéressement aux ventes. Après tout c'était sa biographie.

L'inspecteur Buckingham lissa son chapeau melon de la manche de son veston.

– Dois-je comprendre, monsieur Schuston, que vous n'auriez pas tenu votre promesse et que vous auriez publié quand même les passages litigieux ?

L'éditeur poussa un soupir.

– On ne peut rien vous cacher, inspecteur. Que voulez-vous, je suis un commerçant !

– Je comprends parfaitement. C'est bien entendu à cause de ces passages scandaleux que ce livre se vendra.

– Hélas ! Les gens ont l'esprit si mal tourné !

– Et vous craignez que les négociations avec l'épouse ne soient plus rudes qu'avec le mari.

– Avec l'épouse et le fils. C'est une entêtée et lui un petit teigneux. Tous deux m'obligeront contre compensation financière et sous menace de procès, à promettre par écrit que je ne publierai le livre qu'avec leur accord complet et détaillé.

– Sans les passages en question.

– Sans eux, bien sûr. Ils contrôleront les épreuves page par page.

– Catastrophe pour vous !

– Catastrophe à moins que je trouve une échappatoire.

– Une échappatoire ? Laquelle ?

– Il est trop tôt pour en parler. Mais j'imagine qu'une édition pirate pourrait être proposée.

– Par quelqu'un de malhonnête ?

– De très malhonnête ! glousa l'éditeur.

Les tours de la résidence de Rupert Schuston apparurent dans le prolongement du capot de la Bentley. C'était un manoir de style Tudor. Une mauvaise copie du XIXe siècle, jugea l'inspecteur Buckingham. Il s'y connaissait peu en architecture, mais il avait le goût sûr et sentait que ces fenêtres armoriées et ces tours à mâchicoulis n'étaient pas authentiques. Rupert Schuston quêtait au coin de l'œil l'impresssion que produisait sa demeure sur son hôte.

– Hein ! C'est de la belle bâtisse ! N'est-ce pas, inspecteur ?

– Je me demandais, bredouilla l'inspecteur Buckingham, si tout était d'époque. Il me semble qu'au milieu d'un ensemble ancien et admirable figurent quelques parties plus récentes.

– Vous voulez rire, inspecteur ! Tout est récent ! Ce château est neuf. Je l'ai fait construire avec mon premier million de livres il y a dix ans.

L'éditeur partit d'un rire bruyant.

– Vous ne vous figurez pas, inspecteur, que je suis de ces gogos qui achètent des châteaux vieux de cinq cents ans, à moitié en ruines, où il faut tout installer : le chauffage, les salles de bains, les cuisines. Alors qu'il est si facile de faire copier ces authentiques nids à poussière par un bon architecte. On a du neuf, du propre et du confortable.

– C'est vrai, reconnut l'inspecteur, un peu effaré. Toutefois le charme indéfinissable de l'authentique risque peut-être de manquer. Les vieilles pierres aristocratiques parlent à l'imagination.

– Très peu pour moi, ce genre de causeries, inspecteur. Quant à l'aristocratie je n'en ai guère bonne opinion.

Il se pencha à l'oreille de l'inspecteur Buckingham.

– De nos jours, les aristocrates sont encore plus corrompus que les hommes politiques. Savez-vous pourquoi la famille royale s'inquiète tellement de ce crime commis au palais de Buckingham sur la personne de Richard Osborne ?

– Je me suis en effet souvent demandé pourquoi elle y attachait tant d'importance.

– C'est à cause de la princesse Marie-Christine de Kent, souffla l'éditeur à l'oreille de l'inspecteur.

– La cousine du prince Charles ?

– Exactement. Vous n'ignorez pas qu'elle mène une vie tapageuse qui scandalise la famille royale. Celle-ci lui reproche d'être sans morale ni conduite. Mais il y a plus grave. Les brouillons de Richard Osborne contiennent tout un paragraphe sur une tractation immobilière pour laquelle elle aurait aidé à obtenir un permis de construire plus ou moins régulier grâce à l'entremise de John

Munington. Et cela est revenu aux oreilles du prince Charles. Richard Osborne racontait volontiers ce que révélerait sa biographie.

– Voilà à quoi servent les parlementaires, en général. À obtenir des permis de construire plus ou moins réguliers, observa l'inspecteur Buckingham, philosophe.

– Il ne faut évidemment pas prendre pour argent comptant les ragots de Richard Osborne. Mais Marie-Christine de Kent prête le flanc à la médisance...

L'inspecteur Buckingham se souvint que la princesse inspirait la plus vive méfiance à la famille royale, non seulement parce qu'elle était la fille du baron von Reibnitz, nazi convaincu et ami de Goering, mais aussi (et surtout) parce qu'elle était catholique. Elle s'était affichée avec John Ward Hunt, un milliardaire texan du pétrole qui avait été le modèle de J.R., le « méchant » du feuilleton *Dallas*. Comme son mari, le prince Michael de Kent n'avait pas de fortune, elle l'incita à faire valoir le prestige de son nom pour obtenir des sièges à divers conseils d'administration. Le couple se fit payer pour parrainer des inaugurations de magasins, de galeries de tableaux ou même de self-services pour routiers. Les journaux publièrent la liste des cadeaux que Michael et Marie-Christine de Kent avaient reçus de firmes en faveur desquelles ils étaient intervenus pour obtenir des arrangements financiers ou des passe-droits. Parmi ces dons que certains considéraient comme des bakchichs, figuraient une Rolls, un cheval de course et un terrain à Antigua aux Caraïbes. Le prince Charles avait surnommé sa cousine « la princesse à louer ». La reine l'appelait « la Walkyrie » par allusion à ses origines allemandes. Le prince Michael n'avait pas meilleure presse. On l'accusait de s'éclipser trop discrètement quand la princesse recevait un amant. Scandale suprême : elle publia un livre sur les amours célèbres des rois et reines, qui s'avéra avoir été non seulement écrit par un nègre mais encore copié sur un autre ouvrage.

« Diable, se dit l'inspecteur Buckingham, si cette forte

personnalité est mêlée de près ou de loin à l'affaire Osborne, il faut y aller sur la pointe des pieds ! »

Comme ils gravissaient le perron du manoir, l'inspecteur Buckingham posa une dernière question à son hôte.

– Richard Osborne gagnait-il beaucoup d'argent avec ses livres ? Vous devez le savoir puisque vous étiez son éditeur.

Rupert Schuston s'arrêta sur une marche et fit entendre un toussotement embarrassé.

– C'est qu'il semblait fort riche, insista l'inspecteur. Il a laissé une véritable fortune à sa veuve et un legs considérable à une de ses bonnes amies.

– En vérité, fit l'éditeur, il ne gagnait pas beaucoup d'argent avec ses romans. Un peu plus avec ses biographies.

– En somme, pas de quoi échafauder une fortune de plusieurs centaines de milliers de livres.

– Je ne crois pas. Il gagnait de quoi vivre confortablement. Mais pas assez pour mettre de côté de pareilles sommes. Je crois savoir d'autre part qu'il était issu d'une famille modeste.

– Il y a donc un mystère sur la provenance de sa fortune.

L'éditeur esquissa un sourire finaud.

– Pour certains chroniqueurs malveillants il n'y aurait guère de mystère. Richard Osborne aurait pratiqué une petite industrie vieille comme le monde : le chantage. Remarquez deux choses, inspecteur. Il ne rédigeait que des biographies de gens encore vivants. D'autre part, il laissait filtrer dans les dîners mondains des informations sur certaines anecdotes de ces biographies qui pouvaient s'avérer gênantes pour ceux qu'elles concernaient.

– Ceux-ci venaient alors le supplier de ne pas les publier, j'imagine.

– Vous ne vous trompez pas, inspecteur. Richard Osborne devait être sensible à ces supplications car il supprimait ces anecdotes de son manuscrit. À mon grand regret parfois, car les livres à scandale se vendent bien.

– En agissant ainsi, Richard Osborne allait contre vos intérêts et aussi contre les siens. Il devait avoir un cœur fort généreux.

– C'est une explication, inspecteur, qui fait honneur à votre candeur. Pour ma part j'ai toujours pensé que la générosité de Richard Osborne était très intéressée. À mon avis, il supprimait les passages incriminés si leur victime potentielle lui versait une forte indemnité.

L'inspecteur Buckingham hocha la tête avec tristesse. Il souffrait moralement chaque fois que les circonstances lui révélaient une nouvelle bassesse du cœur humain.

– Richard Osborne n'aurait-il pas tenté d'exercer ce genre de chantage pour John Munington ? demanda-t-il.

– C'est fort possible. En ce cas, il a dû tomber sur un bec. John Munington n'avait pas de fortune.

– Ce chantage a dû lui paraître effrayant, fit observer l'inspecteur.

– Si effrayant qu'il n'aura pas osé affronter lui-même l'écrivain. Il aura espéré l'attendrir en lui envoyant sa femme et son fils.

– Qui n'ont pas pu le fléchir. Ils auront pu prendre alors une décision désespérée. Il semble bien en effet qu'Osborne ait été assassiné.

L'éditeur tapota l'épaule de l'inspecteur Buckingham.

– Allons, allons, inspecteur. Ne nous laissons pas emporter par notre imagination. Il ne s'agit que d'hypothèses.

Et il marmonna entre ses dents :

– En tout cas, moi, il me faudrait au moins cent mille livres, pour que je renonce à publier ce livre intégralement. Avec tous les détails qui figurent dans les brouillons de Richard Osborne. Ou on me dédommage largement ou je les publie. Peu m'importe qu'ils compromettent un gredin de politicien ou une prétendue aristocrate !

– Vous avez dit cent mille livres ?

– Cent mille livres au moins !

L'inspecteur Buckingham médita un instant sur cette somme faramineuse. Comment feraient les Munington qui, aux dires de l'éditeur, n'avaient pas de fortune ?

– Et la princesse ? reprit-il. N'a-t-elle tenté aucune démarche auprès de l'écrivain ?

– Je ne pense pas. D'abord elle n'était citée dans ses notes que d'une façon indirecte, avec beaucoup de points d'interrogation. Ensuite, elle se croit sans doute au-dessus de ce genre de ragots. Enfin, elle compte sûrement sur l'intervention de la famille royale pour étouffer l'affaire.

12

Rupert Schuston avait annoncé que le déjeuner serait frugal et rapide car il avait organisé une battue au début de l'après-midi à l'intention de ses invités.

– Je tiens, avait-il dit sur le mode plaisant, à ce que vous ayez l'esprit clair et l'œil vif. On m'a promis beaucoup de faisans.

L'inspecteur Buckingham se trouva placé à table à côté de Phillys Closter, la secrétaire-gouvernante de feu Richard Osborne. Elle lui fit une plus agréable impression qu'à leur première rencontre à la vente de livres dans le Salon Vert. Son teint, alors brouillé, s'était éclairci sous l'influence du bon air de la campagne. Elle n'avait plus cette attitude contractée qu'ont souvent les petites blondes, toujours sur la défensive comme des chattes sauvages.

– Alors, inspecteur, lui lança-t-elle d'une voix avenante, nous ne cessons de nous retrouver sur les lieux des crimes !

L'inspecteur Buckingham esquissa un sourire amusé.

– Je ne vois pas se dessiner aujourd'hui de perspective de crime !

– Ah ! Inspecteur, vous manquez de romantisme. C'est un défaut de la police. Je suis pour ma part terriblement imaginative. Je tricote volontiers des intrigues ténébreuses. N'êtes-vous pas frappé par le côté inquiétant de cette réunion de chasse ? Notre hôte se prépare à publier un livre qui va déshonorer la famille de deux de ses invités. La veuve de l'auteur a été conviée. Ses intérêts sont en jeu. Enfin, vous seriez présent, nous a dit M. Schuston, à cause de mystérieuses menaces terroristes. Il ne manque plus qu'un crime pour parfaire l'atmosphère. À mon avis, il pourrait avoir lieu au cours de la partie de chasse.

Phillys Closter éclata d'un charmant rire en cascade.

– Vous devriez écrire des romans policiers ! s'exclama l'inspecteur Buckingham.

Le visage de la jeune femme s'assombrit.

– Je présente ces choses en riant, murmura-t-elle, mais je ne suis pas tranquille. Trop d'argent, trop de réputations sont en jeu. Il n'est jamais bon de rassembler des éléments explosifs dans un espace confiné.

– Oui, crut pouvoir gouailler l'inspecteur, c'est le principe de l'obus d'artillerie.

– Tss... Tss... ne plaisantez pas avec ces choses-là.

Phillys Closter avait pris un air si sévère que l'inspecteur Buckingham, se sentant coupable, détourna la conversation.

– Et vous, mademoiselle, que faites-vous dans cette curieuse réunion ?

– Mme Osborne m'a demandé de l'accompagner. J'étais plus au courant qu'elle des contrats de son mari et d'une manière générale de l'avancement de ses travaux. Je pense rester à son service jusqu'à ce que toutes ces affaires soient réglées.

– Vous entendez par là les problèmes qu'entraînent la publication éventuelle de la biographie de M. Munington.

– En particulier.

– Et aussi que soit résolue l'énigme du crime commis contre M. Osborne.

– Sans doute, inspecteur, sans doute. Moi seule suis informée de certains détails.

Ces propos énigmatiques fouettèrent la curiosité de l'inspecteur Buckingham.

– Puis-je me permettre, mademoiselle, d'être un peu indiscret ? glissa-t-il à voix couverte afin que les autres convives ne puissent les entendre.

– Soyez-le, inspecteur. Je vous répondrai avec toute la franchise possible.

– Pouvez-vous par exemple me dire ce qu'il y a dans les brouillons de Richard Osborne de si compromettant pour John Munington ?

– Oh ! Ce sont hélas des choses bien banales à notre époque corrompue. Le député travailliste s'était entremis pour obtenir un permis de construire sur des terrains classés « réserve naturelle » dans une station balnéaire de Cornouailles. Des vérifications opérées par le fisc dans les comptes du promoteur immobilier ont révélé l'existence d'un virement de quinze mille livres au profit de John Munington. L'affaire a été portée devant un juge qui, avec l'esprit mal tourné propre à ces gens-là, s'est imaginé qu'il s'agissait d'un pot-de-vin.

Phillys Closter éclata de rire.

– John Munington s'est défendu en affirmant que cette somme venait rémunérer une étude juridique qu'il avait effectuée pour le compte de ce promoteur. Il continuait en effet d'exercer sa profession d'avocat tout en siégeant aux Communes.

– Et bien entendu, le juge a dû se résigner à classer l'affaire.

Phillys Closter éclata d'un nouveau rire.

– Vous avez deviné, inspecteur.

– Et quel rôle ont joué les Kent dans cette affaire ?

– Un rôle de pure représentation. Ils ont consenti à prêter leur présence à la cérémonie d'inauguration du complexe immobilier. Ils auraient reçu une forte compensation financière pour le dérangement.

– Il n'y a rien là de formellement répréhensible.

– Certes. Mais il est fâcheux que leur nom et la

réputation de la famille royale soient mêlés à une affaire immobilière assez louche.

L'inspecteur Buckingham approuva d'un hochement de tête.

– Très fâcheux, mademoiselle Closter, très fâcheux, je vous l'accorde.

Peu avant la fin du repas, l'inspecteur Buckingham hasarda une autre question indiscrète auprès de la « secrétaire-gouvernante ».

– Pouvez-vous me dire, mademoiselle, si Mme Osborne savait que son mari avait légué deux cent mille livres à Cynthia Lemon ?

– Elle était au courant. Son mari prenait un malin plaisir à lui révéler ses liaisons et les dispositions testamentaires qui s'ensuivaient. Il se vengeait ainsi des cornes qu'elle lui faisait porter.

– Savait-elle qu'il avait rompu avec Cynthia Lemon une quinzaine de jours avant sa mort ?

– Oui.

– Comment savez-vous qu'elle le savait ? s'étonna l'inspecteur Buckingham.

– Je le lui avais dit.

– Pourquoi cette étrange démarche ?

– Parce qu'elle montrait une telle hargne envers Cynthia Lemon que le travail de l'attachée de presse en pâtissait. J'ai voulu mettre fin à cette petite guerre qui compromettait les intérêts de mon patron.

L'inspecteur Buckingham consacra une bonne minute à classer mentalement toutes ces informations.

– Donc, reprit-il, Mme Osborne, devait s'imaginer que son mari, ayant rompu avec Cynthia Lemon, avait révoqué les dispositions testamentaires qu'il avait prises en sa faveur.

– Elle devait en effet se l'imaginer. C'était la coutume de son mari chaque fois qu'il mettait fin à une liaison. Je le croyais moi-même.

– Elle avait donc un puissant motif de souhaiter la mort rapide de son mari.

– Je ne vois pas ce que vous voulez dire, inspecteur.

– Elle pouvait redouter qu'il noue une nouvelle idylle et inscrive un nouveau legs dans son testament.

– Oui. Je comprends maintenant où vous voulez en venir. Mme Osborne avait un mobile pour empoisonner son mari. Mais je me refuse à l'en croire capable, inspecteur. C'est une tête légère que je ne vois pas échafauder un plan criminel.

– Vous savez, murmura l'inspecteur, deux cent mille livres peuvent constituer un merveilleux stimulant.

– Vous croyez, inspecteur ? répliqua la jeune femme mi scandalisée, mi amusée.

– J'imagine aussi, mademoiselle, que vous n'envisagez pas une seconde la culpabilité de Cynthia Lemon. Pourtant, elle avait intérêt à ce que Richard Osborne disparaisse avant d'avoir annulé le legs qu'il lui avait consenti.

– C'est une jeune fille pleine de candeur et de bons sentiments, inspecteur. On ne peut lui prêter de si noirs desseins.

– Je veux bien la croire innocente, ironisa l'inspecteur, mais vous me ferez difficilement admettre qu'une fille aussi jeune et aussi jolie tombe dans les bras de ce vieux croûton de Richard Osborne pour le seul amour de la littérature !

Phillys Closter éclata de rire et ne répondit pas.

– Et comment aurait-elle su, reprit l'inspecteur, que son legs n'avait pas été annulé ?

– Par son amant pardi ! Par ce Patrick Rushman qui était clerc chez Me Cree, le notaire de Richard Osborne.

L'inspecteur Buckingham hocha la tête. Tout se tenait ! Et ce même petit clerc, aussitôt Richard Osborne décédé, avait fait signer à Cynthia Lemon chez son maître un testament en sa faveur. À la suite de quoi il avait failli la noyer. Accidentellement bien sûr !

L'inspecteur Buckingham eut un frisson...

13

Rupert Schuston avait emmené ses invités prendre le café dans sa bibliothèque-bureau, adjacente à la salle à manger, et où trônait un grand secrétaire à cylindre.

Nancy Munington attaqua la première.

– Nous vous remercions, monsieur Schuston, de votre aimable invitation. Mais ce charmant week-end nous serait encore plus agréable si nous en repartions avec l'assurance que vous avez renoncé à publier cette prétendue biographie de mon mari.

– Ce n'est pas une « prétendue biographie », rectifia l'éditeur. Elle existe réellement.

– Je me suis laissé dire qu'elle ne consistait qu'en de maigres notes. Rien en somme qui vous permette d'exercer sur nous le moindre chantage.

Rupert Schuston afficha une expression indignée.

– Chantage ! Qui a parlé de chantage ?

– Ne jouez pas sur les mots, siffla Nancy Munington. Vous m'avez laissé entendre que vous ne renonceriez à la publication de cet ignoble ouvrage que contre une considérable compensation financière.

Rupert Schuston fit de la main un geste d'apaisement.

– Je vous l'ai dit, en effet. Mais il ne s'agit pas d'un chantage. J'appelle cela une négociation commerciale.

Jack Munington ricana ostensiblement. L'éditeur se tourna brusquement vers lui.

– Arrêtez votre cinéma, jeune homme !

– Et vous, votre théâtre !

– Je ne joue nullement la comédie, assura l'éditeur. Je ne cherche pas à tirer profit de cette affaire. Je consens même à renoncer en partie aux bénéfices que me vaudrait la publication de ce livre. En tout cas, je ne veux pas perdre d'argent. J'ai avancé trente mille livres sur ses droits d'auteur à Richard Osborne. Je tiens à les récupérer. Soit en publiant le livre. Soit en touchant une compensation de la part de ceux qui veulent empêcher sa parution. Cette compensation devra me couvrir de l'avance que j'ai consentie à Richard Osborne. Il me paraît convenable qu'elle englobe aussi une partie des bénéfices que je pouvais attendre de la vente de cette biographie.

– À combien s'élèvent au total vos calculs de marchand de tapis ? gronda Jack Munington.

– Ce ne sont pas des calculs de marchand de tapis. Je suis un éditeur connu et respecté. N'importe lequel de mes confrères tiendrait le même langage dans les mêmes circonstances.

Jack Munington lâcha un nouveau ricanement.

– Vous pouvez persifler, jeune homme, tonna l'éditeur, vous ne changerez rien au problème. Ou l'on me dédommage ou je publie. Payez et je vous rends le manuscrit.

– Vous voulez dire un vague paquet de notes, grogna le jeune homme. Pas même de quoi écrire cent pages.

Rupert Schuston se leva.

– C'est ce qui vous trompe, jeune homme ! s'écria-t-il. Le manuscrit de Richard Osborne existe. Sous une première version qui demande à être reprise, certes. Mais il ne s'agit pas de simples notes.

– Prouvez-le !

L'éditeur sortit une clef de sa poche et la glissa dans la serrure du secrétaire à cylindre. Il en tira un dossier épais d'une dizaine de centimètres qu'il posa sur les genoux de Jack Munington.

– Voyez vous-même. Ce n'est pas une mince liasse de notes, mais une série de chapitres entièrement rédigés. Je ne conteste pas que tout cela soit à l'état de brouillon mais avec un bon peignage...

Jack Munington feuilletait le dossier, accablé. Il s'attarda à lire quelques têtes de chapitre, le front plissé.

– Nous sommes foutus ! lança-t-il à sa mère.

Rupert Schuston éclata de rire.

– Vous n'êtes guère diplomate, mon jeune ami ! On ne se proclame pas vaincu avant d'avoir livré une bataille.

Il alla reprendre le dossier sur les genoux de Jack Munington et le remit dans le secrétaire à cylindre qu'il ferma à double tour.

– Nous ne savons toujours pas quelle somme vous exigez pour détruire ce manuscrit, dit Nancy Munington.

– Je veux d'abord récupérer les trente mille livres que j'ai avancées à Richard Osborne. Plus une indemnité pour manque à gagner que j'évalue à soixante-dix mille livres. Soit cent mille livres au total.

– Cent mille livres ! s'exclama Nancy Munington d'une voix étranglée.

– Je vous fais remarquer que mes prétentions sont modestes. Je suis sûr qu'avec l'effet de scandale obtenu par les révélations d'Osborne sur votre mari, ce livre pourrait atteindre un tirage considérable.

– Oh ! Mon mari n'est pas si connu que cela.

– Mais si, mais si, chère madame, votre mari est célèbre.

– Mais non, mais non, il n'est pas du tout célèbre.

L'inspecteur Buckingham se retint de pouffer. Nancy Munington était visiblement décidée à prétendre que son mari n'était qu'un falot personnage afin de déprécier plus sûrement la valeur de sa biographie.

L'éditeur se carra dans son fauteuil et promena son regard à la ronde.

– Quelqu'un veut-il goûter de mon excellent porto ? C'est un vintage 1950.

L'inspecteur Buckingham acquiesça avec un sourire gourmand. Il s'y connaissait assez en porto pour savoir qu'une telle bouteille valait au moins cent livres et le méritait. Les femmes refusèrent toutes avec un air pincé. Dans la bonne société on n'offrait pas plus de porto aux femmes que de cigares.

Jack Munington se pencha à l'oreille de l'inspecteur.

– Ce Schuston est un parvenu. Il y a dix ans, il n'était qu'un petit agent littéraire spécialisé dans les bandes dessinées. Le chantage qu'il exerce sur nous est scandaleux.

L'inspecteur Buckingham se retint de lui répondre que c'était plutôt les agissements de son père qui méritaient ce qualificatif.

– Richard Osborne lui, était moins gourmand, reprit le jeune homme d'une voix assez forte pour être entendu de toute l'assistance. Quelques jours avant sa mort, il nous avait proposé un arrangement.

– Un arrangement ?

– Un petit arrangement. Il s'engageait à supprimer dans sa biographie les passages gênants pour la réputation de mon père, à condition que nous lui versions quarante mille livres. En espèces et de la main à la main.

– Ce n'était pas très convenable, opina l'inspecteur Buckingham.

– Nous avons essayé de réunir cette somme. Sans succès. Il nous avait accordé un délai d'un mois.

– De sorte que sa mort fut pour vous providentielle.

– Hélas, nous ne pensions pas que les exigences de son éditeur seraient plus draconiennes encore.

Rupert Schuston, la bouteille de porto à la main, vint interrompre cet aparté. Il servit d'abord l'inspecteur Buckingham puis se tourna vers Jack Munington.

– Vous en offrirai-je aussi ?

– Je ne bois pas avec un maître-chanteur, lança le jeune homme avec insolence.

Rupert Schuston sourit.

– Ne nous fâchons pas jeune homme. Je suis accessible aux arrangements. Je pourrais transiger à soixante mille livres si vous acceptiez que certaines anecdotes de cette biographie soient maintenues.

– Lesquelles ? s'enquit le jeune homme d'un air méfiant.

– Par exemple les petits potins sur les aventures sentimentales de votre père.

– D'accord. Je m'en fous bien qu'il ait trompé ma mère.

Nancy Munington, qui prêtait l'oreille, émit un petit rire.

– Je m'en fous, moi aussi, monsieur Schuston. Je suis parfaitement au courant des liaisons sordides de mon mari avec une petite secrétaire du siège du parti travailliste. Ça a été dur à avaler, mais maintenant c'est avalé. Peu m'importe que ce livre en fasse état. De toute façon tout le monde le sait aux Communes Ce qui me préoccupe ce n'est pas mon honneur, c'est celui de mon mari ! ajouta-t-elle avec hauteur.

– Il faudrait aussi laisser les passages où la princesse Marie-Christine de Kent est mentionnée. Le public adore les ragots sur la famille royale.

L'inspecteur Buckingham fronça les sourcils : la reine n'aimerait pas cela.

– Vous pouvez garder cela, nous nous en foutons, grogna Jack Munington.

– En revanche, je ferais sauter les trois chapitres qui racontent les tripotages de votre père.

– Soyez poli.

– Et vous, signez-moi donc un chèque de 60 000 livres.

La mère et le fils se regardèrent d'un air angoissé.

– Nous n'avons pas notre chéquier sur nous, murmura Nancy Munington.

Rupert Schuston haussa les épaules.

– Bien entendu, vous n'avez pas pensé à l'apporter.

Un sourire insultant flottait sur ses lèvres, suivi d'un silence pénible que rompit la voix aigre de Deborah Osborne.

– Il semble qu'on ait oublié de me demander mon avis, s'écria-t-elle. Cet arrangement ne me convient pas du tout. J'entends que ce manuscrit soit publié intégralement. Je suis convaincue que ce livre fera un succès. Je ne suis pas disposée à renoncer aux revenus qu'il me procurera. Je ne suis désormais qu'une pauvre veuve nécessiteuse. Je n'ai pas les moyens, moi, de transiger. Ce serait compromettre mon avenir.

Phillys Closter posa sa main sur son bras comme pour la calmer, mais Deborah Osborne la repoussa avec impatience.

– Moi, je refuse de transiger, proclama-t-elle.

– Voyons, chère amie, tenta de plaider l'éditeur. Un bon arrangement vaut mieux qu'un pari sur un succès. La réussite d'un livre est toujours hypothétique. Transigeons, c'est votre intérêt. D'ailleurs, votre mari s'apprêtait lui-même à le faire.

– C'est ce que disent cette dame et ce monsieur.

– Je ne crois pas qu'ils mentent. Je sais que votre mari était coutumier de ces pratiques.

– Quelles pratiques ? jeta Deborah Osborne avec hauteur.

– Eh bien, chère madame, disons qu'il pratiquait le chantage.

Deborah Osborne lui lança un regard fulgurant.

– Vous devriez avoir honte, monsieur Schuston, d'insulter sa mémoire, vous qui pratiquez aussi un certain chantage.

– Ce n'est pas du chantage, c'est un marché commercial.

Deborah Osborne se leva impulsivement et marcha vers l'éditeur en pointant vers lui un doigt menaçant.

– C'est un chantage. Et vous en usez à mon détriment. J'exige que le manuscrit de mon mari soit publié intégralement.

Elle fut interrompue dans son assaut par l'entrée d'un garde-chasse qui adressa un signe pressant au maître de maison.

Rupert Schuston frappa dans ses mains.

– Allons, mes amis, ne nous disputons pas. Les faisans nous attendent. Nous reprendrons ce soir ces agréables entretiens.

L'inspecteur Buckingham dut s'avouer que rarement partie de chasse avait rassemblé autant de participants préoccupés d'abattre un tout autre gibier que celui des bois et des champs !

14

La battue avait lieu à cinq cents mètres du manoir. Les chasseurs devaient se disposer en ligne à l'orée d'un petit bois à l'autre extrémité duquel les rabatteurs allaient progresser, poussant devant eux le gibier. Entre la lisière du bois et la ligne des chasseurs s'étendait un espace découvert d'une centaine de mètres. L'abattoir ! pensa l'inspecteur Buckingham qui n'aimait pas ce genre de chasse où le gibier n'avait guère de chances.

Le garde-chasse plaça les invités de l'éditeur aux postes de tir. L'inspecteur Buckingham, à l'extrême gauche, puis Deborah Osborne, Jack Munington, Rupert Schuston, Phillys Closter et Nancy Munington. La ligne qu'ils formaient n'était pas parfaitement droite, mais brisée, en zigzag. L'éditeur avait en effet, par courtoisie, placé les femmes un peu en avant des hommes afin d'augmenter leurs chances d'abattre le gibier sortant du bois. L'inspecteur s'imagina aussi que c'était par prudence. Avec les femmes en avant, on ne risquait pas de se faire fusiller par maladresse !

– Il n'y aura que des faisans ! avait annoncé avec fatuité Rupert Schuston à ses invités. J'ai fait tirer ou piéger tous les lapins de ce bois. C'est un gibier pour péquenauds.

L'inspecteur Buckingham s'était alors demandé si les

faisans élevés en enclos comme des poulets et lâchés dans les bois à demi apprivoisés n'étaient pas un gibier pour gogos !

Le soleil était déjà haut dans le ciel lorsque les rabatteurs se mirent en marche. Il s'était levé derrière le petit bois et les chasseurs l'avaient maintenant dans l'œil. Médiocres conditions pour tirer, songea l'inspecteur Buckingham. Comment Rupert Schuston avait-il pu commettre pareille erreur ?

L'inspecteur ne pratiquait guère la chasse, mais assez tout de même pour expliquer cette anomalie : en règle générale, ces chasses à l'affût avaient lieu le matin de bonne heure alors que le gibier était frais et bien réveillé. La chasse était suivie d'un solide repas bien arrosé. C'était la tradition.

Sans doute l'éditeur avait-il bouleversé les habitudes à cause des dames et demoiselles invitées, aussi nombreuses que les hommes. Il n'avait pas osé leur infliger la corvée du lever au petit matin. Et contrairement à toutes les règles, le repas avait précédé la chasse.

Sans doute Schuston avait-il bien fait. L'inspecteur Buckingham imaginait mal Deborah Osborne et Nancy Munington sautant du lit à l'aube. Voilà pourquoi ils avaient tous maintenant le soleil dans l'œil !

Le garde-chasse qui se tenait un peu en arrière de la ligne des chasseurs éleva la voix.

– Ne visez pas monsieur Munington ! s'écria-t-il à l'adresse de Deborah Osborne.

De fait la veuve de l'écrivain tenait son fusil en travers de sorte que le canon balayait la ligne de tir et semblait menacer le jeune homme.

– Tenez votre fusil face au bois ! hurla encore le garde.

Deborah Osborne bredouilla quelque chose que l'inspecteur n'entendit pas et remit son fusil dans la bonne position.

Le garde-chasse s'approcha de l'inspecteur Buckingham.

– Il y a trop de dames dans cette chasse, grommela-t-il. Une sur deux chasseurs, ce n'est pas raisonnable. Ça réduit de 50 % les chances de survie des hommes.

Il ricana en observant du coin de l'œil l'effet de sa plaisanterie sur l'inspecteur. Celui-ci ne voulut pas être en reste de bonne humeur avec ce brave homme.

– Le plus beau gibier d'une femme, plaisanta-t-il, n'est-il pas le roi de la création ?

Le garde-chasse esquissa un sourire contraint.

– Je ne serai tranquille que quand cette partie de chasse sera terminée, lança-t-il d'une voix soudain sinistre.

On entendait maintenant les cris rauques des rabatteurs qui s'avançaient dans le bois en frappant les arbres à coups de bâton.

Un vol de faisans jaillit de la lisière.

– À vous ! cria le garde-chasse à l'adresse de Deborah Osborne et de l'inspecteur Buckingham.

Le vol se dirigeait droit sur eux. L'inspecteur épaula, puis attendit une seconde par courtoisie, afin de laisser à la veuve une chance d'exécuter ce tir qui s'avérait des plus faciles. Deborah Osborne visa les oiseaux, hésita à tirer, les suivit du bout de son canon en exécutant un demi cercle. L'inspecteur Buckingham et Jack Munington plongèrent pour échapper à l'œil noir du fusil. La veuve finit par lâcher ses deux coups. Ils hachèrent l'herbe entre Phillys Closter et Rupert Schuston, figés par la surprise. Les oiseaux, indemnes, s'effacèrent à l'horizon.

– Bravo ! s'écria l'éditeur d'une voix blanche, vous les avez ratés de peu.

L'inspecteur Buckingham et Jack Munington s'étaient redressés et levaient ensemble leur regard vers le ciel comme pour remercier le seigneur d'avoir écarté la mitraille de leurs têtes. Deborah Osborne rechargeait son fusil avec un petit air faraud.

Un deuxième vol surgit du bois. Il se dirigeait vers Phillys Closter et l'éditeur.

Deborah Osborne épaula.

– Laissez ! lui cria le garde-chasse, ils ne sont pas pour vous !

La veuve hésita, baissa son fusil, puis le releva et suivit les oiseaux du bout de son canon en tournant d'un quart de cercle sur ses talons. Rupert Schuston qui avait épaulé, fit un bond en arrière lorsque le canon de Deborah Osborne pointa dans sa direction. La veuve tira. Rupert Schuston vacilla et porta la main à son épaule en opérant un demi-tour sur lui-même. Un second coup partit. L'éditeur s'effondra le visage dans l'herbe. Le garde-chasse courut vers lui et le retourna. Il le contempla en silence, une expression horrifiée sur ses rudes traits de paysan.

L'inspecteur Buckingham était accouru.

– Il n'a plus de visage, murmura le garde-chasse.

L'officier de police de Reading était de mauvaise humeur. Un accident de chasse ! Quoi de plus banal ? Pourquoi ce membre du Royal Protection Group avait-il tellement insisté pour qu'il accoure aussitôt et ouvre une enquête ? « Service de la reine ! » lui avait-on lancé d'un ton sans réplique. Il avait dû interrompre sa sieste à l'hôtel de police et se précipiter au manoir de Rupert Schuston où personne n'avait même songé à lui offrir un whisky.

– Un simple garde champêtre aurait pu faire les constatations, grommela-t-il à l'adresse de l'inspecteur Buckingham. Le malheureux a reçu une décharge qui était destinée aux faisans, voilà tout. Reste à confirmer que ce coup malheureux a été lâché par madame Osborne. Est-ce bien cela ?

– Certainement, répondit l'inspecteur Buckingham, c'est important. D'abord pour l'assurance. Et ensuite...

– Et ensuite ?

– Pour que nous puissions déterminer s'il y a eu accident ou crime.

– Crime ? Il semblerait, inspecteur, que vous déteniez des éléments que je ne connais pas.

– Peut-être. Les invités de cette chasse avaient entre eux et avec leur hôte de nombreux sujets de discorde.

L'officier de police haussa les épaules et lâcha un ricanement désabusé.

– Je n'ai jamais vu d'accident de chasse qui n'impliquât pas des gens qui ne pouvaient pas se sentir. C'est à croire que les organisateurs de ces réjouissances le font exprès.

– Ne plaisantez pas, réprimanda l'inspecteur Buckingham d'une voix sévère. Nous avons peut-être affaire ici à un criminel récidiviste.

L'officier de police se tut, intimidé.

En vérité, l'inspecteur Buckingham bluffait un peu. Ses propos étaient surtout destinés aux survivants de cette funeste chasse, qui se pressaient autour d'eux au point même de gêner les constatations de l'officier de police de Reading. L'inspecteur observait leurs visages sans réussir à y déceler les stigmates du remords ou de l'angoisse. Deborah Osborne était en larmes, ce qui était bien naturel. Elle balbutiait entre deux sanglots qu'on lui avait prêté une arme défectueuse. Jack Munington contemplait, le visage contracté, la figure fracassée de l'éditeur. Sa mère s'était trouvée mal et Phillys Closter l'avait emmenée dans le cabinet de toilettes adjacent à la bibliothèque-bureau pour lui bassiner les tempes. L'inspecteur Buckingham essaya de se faire à l'idée qu'il s'agissait d'un accident.

– Il y a eu deux coups de feu, dit l'officier de police en se relevant. Le premier l'a frappé à l'épaule. Il n'était pas mortel. Le second l'a atteint en plein visage et l'a tué sur le coup.

– Pouvez-vous déterminer la provenance de ces deux coups de feu ? demanda l'inspecteur Buckingham.

– Le premier venait certainement de la gauche.

– Il a donc pu être tiré par Deborah Osborne.

– Sans doute.

– Et le second ?

– Il l'a reçu du côté gauche du visage. Mais M. Schuston sous le choc de la première décharge avait, m'a dit le garde-chasse, tourné sur lui-même. Le coup venait donc d'un des chasseurs placés sur sa droite, mais je ne peux déterminer lequel.

– Ce ne serait donc pas madame Osborne qui a tiré le coup mortel, murmura l'inspecteur Buckingham d'une voix songeuse.

Le garde-chasse fit un pas en avant. Il tenait à la main le fusil de la veuve.

– Excusez-moi, m'sieur-dame, mais lorsque cette pauvre femme a vu ce qui était arrivé, elle est à moitié tombée dans les pommes. Je l'ai recueillie dans mes bras et j'ai pris son fusil. Je ne l'ai pas lâché depuis. Or vous pourrez constater que le deuxième coup n'a pas été tiré.

15

Le corps de Rupert Schuston avait été transporté sur le canapé de la bibliothèque-bureau.

– Bien, fit l'officier de police en rassemblant ses notes, j'en sais assez pour rédiger mon rapport. C'est un banal accident de chasse comme il s'en produit hélas beaucoup dans ces dangereuses battues.

L'inspecteur Buckingham s'impatienta.

– Je trouve que vous concluez bien vite à l'accident, mon ami. Qui donc selon vous a tiré le coup de fusil qui a tué M. Schuston ?

– Il est difficile de le déterminer. M. Schuston a tourné sur lui-même après avoir reçu dans l'épaule la première décharge. Le second coup pouvait donc provenir de sa droite ou plutôt de sa gauche puisqu'il avait pivoté.

– Le second coup, celui qui l'a tué, conclut l'inspecteur, devait provenir de l'un des chasseurs placés au départ de la chasse sur sa droite, c'est-à-dire Phillys Closter ou Nancy Munington.

L'officer de police soupira avec lassitude. Il aspirait à rentrer à Reading reprendre sa sieste. On ne lui avait toujours pas offert de whisky !

Phillys Closter entra dans le salon, soutenant Nancy Munington. Elle avait dû lui bassiner le visage avec générosité car ses cheveux étaient collés, ajoutant un air de naufragée à sa mine hagarde.

Interrogée par l'inspecteur, Phillys Closter expliqua qu'elle avait tiré un coup de feu sur un faisan mais l'avait raté.

– C'est exact, dit le garde-chasse, mademoiselle a tiré. Mais elle a dû en effet rater l'oiseau, car je ne l'ai pas retrouvé.

– Quant à M. Schuston, poursuivit Phillys Closter, il a bondi en arrière quand il s'est vu visé par Mme Osborne.

– À mon avis, fit observer Jack Munington, ce fut un réflexe malheureux. S'il était resté sur place il n'aurait pas reçu ces quelques plombs dans l'épaule.

– Après avoir reçu cette décharge, il a tourné sur lui-même, ajouta la jeune femme.

– Et vous ? demanda l'inspecteur Buckingham à Nancy Munington. Avez-vous tiré ?

La jeune femme secoua sa tête trempée et balbutia quelque chose.

– Allons, ma chère, intervint Phillys Closter, remettez-vous et répondez à l'inspecteur.

– Je... Je... J'ai tiré un seul coup de fusil, bredouilla Nancy Munington.

– Sur qui ? fit l'inspecteur Buckingham d'une voix sévère.

– Mais sur les faisans ! Ils venaient droit sur moi.

– C'est exact, intervint encore le garde, j'ai relevé un faisant droit devant le poste de tir de Madame Munington.

– Et le second coup ? demanda l'inspecteur Buckingham. L'avez-vous tiré ?

– Oui, j'ai tiré le second coup.

– C'est exact, dit le garde-chasse. Le fusil de madame Munington porte encore les deux douilles percutées.

L'inspecteur Buckingham plongea son regard dans celui de la jeune femme.

– Pouvez-vous me décrire avec précision les conditions dans lesquelles vous avez lâché ce second coup ?

Nancy Munington hésita.

– Je suis tellement émue que j'ai de la peine à m'en souvenir.

L'inspecteur la saisit par le bras.

– Attention madame ! Vous êtes la première suspecte d'avoir tiré le coup qui a tué M. Schuston. Votre intérêt est de faire un effort de mémoire.

La jeune femme se dégagea d'un mouvement brusque du bras et prit une expression indignée.

– Vous me soupçonnez d'être une criminelle ! s'écria-t-elle.

– Calmez-vous, fit l'inspecteur Buckingham. Pour l'instant on ne parle que d'un accident.

Nancy Munington lui fit face l'œil étincelant.

– Même s'il ne s'agit que d'un accident, s'écria-t-elle, je ne peux pas en être responsable. Mon second coup, je l'ai tiré sur un faisan et non sur M. Schuston.

– Vous l'avez tiré devant vous ?

– Non, le faisan est passé au-dessus de moi. Je l'ai suivi du canon de mon fusil tout en exécutant un demi-tour puis j'ai tiré.

L'inspecteur Buckingham se tourna vers le garde-chasse.

– Madame Munington a-t-elle abattu ce faisan ?

– Non. Je n'ai pas trouvé d'oiseau derrière elle.

– Elle l'a donc raté.

– Pour sûr, inspecteur, c'était un tir difficile.

L'inspecteur se retourna vers Nancy Munington.

– Quand vous avez viré sur vous-même, le canon de votre fusil n'a-t-il pu être un instant dirigé sur Rupert Schuston ?

– Non ! Non ! Je suis certaine que non. Je tenais mon fusil presque vertical en tournant.

L'officer de police intervint.

– C'est toujours comme cela lorsque se produit un accident. Les gens sont persuadés qu'ils n'ont pas commis de faute. Et pourtant, lorsqu'on tire en arrière en faisant un demi-tour sur soi-même, on peut perdre un peu son équilibre et...

– ... et tirer justement sur l'homme qui menace de déshonorer votre mari, murmura l'inspecteur Buckingham entre ses dents.

– Pardon ? fit l'officier de police.

– Rien. Je murmurais une petite prière pour le salut de l'âme du défunt.

L'inspecteur Buckingham monta dans sa chambre, au premier étage du manoir, préparer son sac de voyage. Ce qu'il avait appris pendant ce week-end avait réorienté ses soupçons. Après avoir longtemps suspecté Cynthia Lemon d'avoir tué Richard Osborne pour jouir de son legs avant qu'il l'eût révoqué, il penchait maintenant pour la culpabilité de Nancy Munington, criminelle récidiviste acharnée à sauver l'honneur de son mari.

Certes on ne pourrait jamais prouver qu'elle avait tiré sur Rupert Schuston, mais la conviction de l'inspecteur Buckingham était faite : tous les indices la désignaient !

Quant à la veuve de l'écrivain, si elle avait blessé l'éditeur, cela pouvait être mis sur le compte de sa maladresse. Un scrupule traversa pourtant l'esprit de l'inspecteur Buckingham. Et si le coup de fusil qu'avait tiré Deborah Osborne avait été le coup mortel ? Il se convainquit aussitôt que ce n'était pas possible : l'éditeur n'aurait pas tourné sur lui-même comme il l'avait fait en recevant la charge à l'épaule, mais il se serait effondré.

Deborah Osborne restait cependant dans l'esprit de l'inspecteur comme une potentielle coupable du crime du Salon Vert. Elle croyait alors que son mari avait annulé son legs à Cynthia Lemon et devait redouter qu'il le rétablisse au profit d'une nouvelle venue.

L'inspecteur n'oubliait pas dans sa liste de suspects

l'architecte Jim Simpson qui pouvait espérer épouser une veuve devenue richissime.

Il eut aussi une pensée peu amène pour Patrick Rushman. On pouvait aussi le soupçonner d'avoir tenté de noyer sa « fiancée » peu après qu'elle eut rédigé un testament en sa faveur !

Avant d'appeler un taxi pour le conduire à la gare de Reading, l'inspecteur Buckingham voulut aller s'incliner devant la dépouille de Rupert Schuston.

Il pénétra donc dans la bibliothèque-bureau où le corps était étendu sur un grand divan de cuir. L'inspecteur, son melon à la main, médita un instant sur les caprices du hasard et les fins dernières de l'homme. Il allait se retirer, cette pieuse démarche accomplie, lorsque son regard tomba sur le bureau à cylindre d'où, sous leurs yeux, peu après le déjeuner, Rupert Schuston, avait tiré le paquet des brouillons de Richard Osborne. L'inspecteur remarqua que le cylindre était entrouvert. Il s'approcha, étonné : l'éditeur l'avait pourtant refermé à clef devant eux ! Ô surprise, le bord du cylindre d'acajou était ébréché. Quelqu'un l'avait forcé ! L'inspecteur releva le cylindre et jeta un rapide coup d'œil dans le meuble. Le manuscrit avait disparu !

L'inspecteur Buckingham avait aussitôt mobilisé le garde-chasse et le personnel du château pour tenter de retrouver le manuscrit. Bien entendu, il ne se trouvait pas dans les chambres des invités ni dans leurs bagages. Le château fut fouillé de fond en comble sans résultat.

– Je soupçonne la personne qui a pris ce document de l'avoir détruit, dit l'inspecteur au garde-chasse. Peut-elle l'avoir brûlé ?

– Impossible, inspecteur. La chaudière du chauffage central est éteinte en cette saison et je n'ai vu aucune trace de cendres dans les cheminées.

– Si vous deviez faire disparaître des papiers compromettants, comment vous y prendriez-vous ?

– Je les jetterais dans les douves, enfermés dans un sac avec un bon lest. Je ne vois pas d'autre moyen.

L'inspecteur Buckingham approuva. Le voleur avait sans doute agi ainsi.

– Il faudrait draguer les douves, murmura-t-il.

– Je le ferai volontiers si l'héritier de M. Schuston m'en donne l'ordre.

– Son héritier ?

– C'est son fils unique. Il vit en Australie. M. Schuston était veuf.

– Procéderiez-vous à ce dragage si la reine vous en donnait l'ordre ?

Le garde-chasse se mit au garde-à-vous.

– Je dois obéissance à ma souveraine, proclama-t-il d'une voix vibrante. J'ai été soldat dans ses régiments.

L'inspecteur Buckingham appela par le téléphone du vestibule la Maison de la reine qui confirma au garde-chasse l'urgence de cette démarche.

– Nous allons tous nous y mettre à la gaffe, assura le garde-chasse.

Il promit aussi à l'inspecteur Buckingham de le prévenir sur-le-champ si leurs recherches aboutissaient.

16

Le lendemain de son retour au palais, l'inspecteur Buckingham reçut un appel de l'intendant du manoir de Rupert Schuston.

– Nous avons retrouvé le manuscrit, inspecteur. Il était enfoui dans la vase des douves.

– Il était donc lesté.

– Oui, inspecteur. Il était lesté d'un cendrier en bronze massif et enveloppé dans une serviette de toilette.

– Une serviette de toilette... répéta l'inspecteur Buckingham.

– Oui, inspecteur. Une serviette de toilette genre nid d'abeilles, qui portait des traces de rouge à lèvres.

L'inspecteur Buckingham laissa passer un instant puis demanda d'une voix hésitante : « Votre maître se mettait-il du rouge à lèvres ? »

– Oh ! inspecteur. Bien sûr que non ! Les mœurs de mon maître étaient tout à fait respectables.

– Une dame avait-elle partagé récemment son intimité ?

– Non, inspecteur. M. Schuston ne recevait pas de dames privées dans son château.

– Dames privées ?

– Je veux dire des dames avec lesquelles il aurait entretenu des relations intimes. M. Schuston avait peut-être des amies de ce genre à Londres. Mais il ne les invitait jamais à ses week-ends de chasse. Il était assez misogyne, voyez-vous, inspecteur.

– Étant donné ce qui est arrivé, ce sentiment était tout à fait prémonitoire, observa sentencieusement l'inspecteur Buckingham.

– Tout à fait prémonitoire, en effet, inspecteur. Désirez-vous savoir autre chose ?

– Oui. Qu'avez-vous fait du manuscrit ?

– Il était réduit à une pâte informe tout à fait illisible. Nous l'avons jeté dans la poubelle. Les éboueurs doivent passer tout à l'heure. Devons-nous aller le récupérer ?

– Non. C'est inutile, soupira l'inspecteur Buckingham. Il vaut mieux qu'il disparaisse de la mémoire des hommes. Il a assez tué comme cela !

Il ajouta avant de raccrocher.

– À propos, envoyez-moi donc cette serviette de toilette qui enveloppait le manuscrit.

– C'est une excellente nouvelle ! s'écria le prince Charles.

L'inspecteur Buckingham esquissa un geste de surprise.

– Je ne savais pas que Votre Altesse royale haïssait ce pauvre Rupert Schuston au point de considérer sa mort comme une excellente nouvelle !

– Je ne voulais pas parler de ce regrettable accident, interrompit le prince Charles avec impatience, mais de l'anéantissement du manuscrit. Voilà l'excellente nouvelle. La reine en sera enchantée. Plus de scandale à redouter chez les Kent.

L'inspecteur était un peu surpris par cet égoïsme royal.

– Puis-je me permettre, dit-il, de faire remarquer à Votre Altesse royale que la disparition de ce regrettable manuscrit ne met pas fin à l'enquête ? Il reste qu'un crime a été commis dans le Salon Vert, sous l'auguste toit de Sa Majesté la reine.

– Certes, certes, approuva le prince Charles un peu embarrassé. Il faut bien entendu poursuivre votre enquête même si les intérêts directs de la famille royale ne sont plus en jeu.

– Et il y a des raisons de croire qu'un second crime a été commis au cours de cette partie de chasse. Je ne désespère pas de confondre le ou les coupables.

Le prince grimaça légèrement.

– J'apprécie votre zèle, inspecteur. Puis-je toutefois vous demander de ne commettre aucun geste imprudent qui pourrait réveiller d'anciennes rumeurs susceptibles de jeter une ombre fâcheuse sur la famille de la Reine ?

L'inspecteur Buckingham fit à son tour la grimace. Il allait désormais progresser en terrain miné !

– Mon pauvre ami, je crains que ton enquête ne soit bloquée, soupira Mme Smith en découpant la tarte à la rhubarbe qu'elle avait tenue tiède en la gardant près du four ouvert.

Cette pâtisserie était aussi une de ses spécialités.

– Elle n'est pas bloquée, plaida l'inspecteur Buckingham, j'attends simplement, comme on me l'a appris à Scotland Yard, que se produise un fait nouveau. Il se produit toujours un fait nouveau. Heureusement.

Son épouse disposa devant lui une généreuse part de tarte tiède et l'inonda de crème fraîche.

– Mon Dieu ! s'écria l'inspecteur, et mon cholestérol !

– Cesse donc mon ami, de te laisser impressionner par ces prétendus médecins diététiciens. Ils se contredisent sans cesse. Voilà qu'ils prétendent que le foie gras est un excellent anti-cholestérol.

– Tu as raison. On se laisse trop influencer par les théories de ces charlatans qui reposent sur des statistiques contestables.

– Alors ? Encore un peu de crème ?

L'inspecteur Buckingham n'osa pas refuser. Il pensa que s'il mourait prématurément d'athérosclérose, il pourrait dire à son ange gardien désolé : « Cherchez la femme. »

Dans le double crime du Salon Vert et du manoir Schuston (s'il s'agissait bien, pour l'accident de chasse, d'un crime) les suspects étaient en majorité des femmes. Mais, se demandait l'inspecteur, l'assassin qui avait empoisonné l'écrivain était-il le même que celui qui avait fusillé l'éditeur ? Dans ce cas, Cynthia Lemon serait hors de cause. Mais s'il y avait deux criminels ? Elle pouvait encore être suspectée du premier attentat, ainsi que l'épouse de l'écrivain. Et si elles avaient été complices dans l'exécution de ce forfait ? L'inspecteur Buckingham se souvint de la réticence de la jeune fille lorsqu'il lui avait demandé ce que Deborah Osborne avait dit à son mari quelques instants avant sa mort. Ce détail avait son importance, car selon Cynthia Lemon, l'épouse avait été la dernière à parler à l'écrivain. Du moins la jeune fille en était-elle presque certaine. Les propos de Deborah Osborne avaient dû être suffisamment bouleversants pour avoir provoqué la crise cardiaque fatale.

L'inspecteur avait convoqué à son bureau Cynthia Lemon.

– Venez seule, je vous prie.

L'inspecteur ne souhaitait pas la présence de son petit ami, Patrick Rushman qui, la fois dernière, avait paru trop contrôler ses réponses.

– Mademoiselle, vous n'êtes plus suspecte du crime du Salon Vert, lui lança-t-il sans préambule.

Évidemment l'inspecteur mentait, mais il comptait beaucoup sur ce stratagème rassurant pour mettre la jeune fille en confiance et l'incliner aux confidences.

– Je puis ajouter que Mme Osborne est également hors de cause.

Le visage de Cynthia Lemon se détentit. L'inspecteur crut voir ses yeux se mouiller.

– Comme je suis heureuse, inspecteur, balbutia-t-elle. Si vous saviez comme j'ai souffert d'être injustement soupçonnée.

– Vous ne l'êtes sans doute plus, Mlle Lemon, pas plus que la veuve de votre ancien employeur. Vous pouvez donc me parler à cœur ouvert sans craindre que vos propos se retournent contre vous.

Cynthia Lemon sortit un petit mouchoir de soie rose de son sac et se tamponna les yeux.

– Je vous parlerai à cœur ouvert, inspecteur.

– Je me réjouis de vos excellentes dispositions que je vais aussitôt éprouver. Pouvez-vous me dire sans vaines réticences ce que Deborah Osborne a dit à l'oreille de son mari quelques instants avant sa mort ?

Cynthia Lemon hésita. Elle se souvenait certainement d'avoir dit à l'inspecteur, lorsqu'il l'avait convoquée à son bureau le lendemain de la mort de l'écrivain, qu'elle ne se rappelait rien. Mais les circonstances étaient différentes. Elle figurait alors parmi les suspectes et Patrick Rushman était là, qui téléguidait par gestes ses réponses.

– C'est une histoire bien compliquée, inspecteur, soupira Cynthia Lemon. Je ne sais pas si vous allez me croire.

– J'ai appris à croire, déclara l'inspecteur avec gravité.

– Il faut d'abord que je vous dise que le jour de cette vente au Salon Vert, un jury londonien décernait le fameux Booker Prize[1]. Le dernier roman de Richard Osborne faisait partie de la sélection.

– Osborne s'attendait-il à être couronné ?

1. L'équivalent anglais du prix Goncourt français.

– Non. Il pensait n'avoir que de très petites chances. Mais vous savez, inspecteur, que l'homme vit surtout d'espérance.

– Certes, mademoiselle, et en ce qui me concerne, je vis dans l'espérance que vous me disiez toute la vérité.

– Je n'ai plus aucune raison de vous cacher quelque chose, inspecteur, maintenant que je suis hors de cause ainsi que Deborah Osborne.

– Vous l'êtes, affirma l'inspecteur Buckingham, persévérant dans son mensonge tactique.

Le visage de Cynthia Lemon s'éclaira d'un sourire confiant.

– Vers la fin de la matinée, reprit-elle, Deborah Osborne, Phillys Closter et moi-même sommes allées téléphoner au secrétariat du jury du Booker Prize pour nous enquérir du résultat. On nous apprit que Richard Osborne n'avait pas eu le prix. Nous avons hésité à le lui annoncer. Bien sûr, il ne s'attendait pas à le recevoir, mais la nouvelle l'aurait tout de même assombri. « Attendons l'heure du déjeuner, proposa Deborah Osborne. Il sera plus détendu. » Elle alla donc annoncer à son mari que le Jury délibérait toujours mais que ses chances paraissaient faibles, d'après les renseignements donnés par le secrétariat du prix après les premiers tours.

– Elle cherchait donc à amortir le choc.

– Oh ! Inspecteur, le choc aurait été faible. M. Osborne ne s'attendait nullement à recevoir ce prix.

– Mais il l'espérait vaguement.

– Très vaguement. La nouvelle ne l'aurait guère affecté.

L'inspecteur Buckingham prit quelques notes sur son petit carnet écossais.

– Tout cela est fort limpide, mademoiselle, mais pouvez-vous m'expliquer pourquoi vous avez refusé de me raconter tout cela lors de notre premier entretien ?

Cynthia Lemon baissa la tête d'un air confus.

– En vous révélant que Mme Osborne avait dit à l'oreille de son mari qu'il n'avait pas encore eu le prix, j'ai eu peur de faire peser des soupçons sur elle. Cette information aurait pu en effet être considérée comme de nature à augmenter la tension de son mari.

– Je vous félicite de votre franchise, mademoiselle, bien qu'elle soit un peu tardive.

L'inspecteur Buckingham se leva pour signifier à Cynthia Lemon que l'entretien était terminé.

– Je dois vous dire, pour être sincère à mon tour, mademoiselle, que les suspicions qui pesaient sur vous n'ont pas été tout à fait dissipées contrairement à ce que je vous ai dit tout à l'heure, sans doute un peu vite et emporté par la sympathie que vous m'inspirez. Certes, vous n'étiez pas à cette chasse maudite. Y auriez-vous participé que vous n'auriez eu aucun intérêt à tirer sur Rupert Schuston. Mais dans l'affaire du Salon Vert, les circonstances sont différentes.

– Mais vous m'aviez dit, inspecteur, que j'étais hors de cause !

L'inspecteur Buckingham cacha son embarras derrière un sourire contraint.

– Disons, mademoiselle, que je le souhaite.

17

– Me Cree, le notaire ?

– Lui-même, inspecteur. Il attend dans le couloir, précisa le planton.

L'inspecteur Buckingham était abasourdi. Pour que le solennel tabellion fût venu en personne demander à être reçu à son bureau du Royal Protection Group, il fallait que se fût produit un événement important. Probablement en rapport avec le crime du Salon Vert. Et peut-être avec la mort brutale de Rupert Schuston.

Le notaire entra, la mine grave, et s'assit dans le fauteuil que lui désigna l'inspecteur. Il posa sur ses genoux son chapeau Eden bordé d'un galon noir et garda un silence solennel. L'inspecteur Buckingham connaissait les manières cérémonieuses des hommes de loi qu'il avait beaucoup fréquentés du temps de Scotland Yard. Il se composa une mine attentive et attendit que le notaire se décidât à parler.

– Si je vous rends visite, inspecteur, commença enfin le notaire d'un ton légèrement hautain, comme pour signifier qu'il était peu coutumier de ce genre de démarche, c'est que je suis tout à fait désemparé.

– Vous m'en voyez désolé, répondit l'inspecteur, imperturbable. Il se gardait de marquer la moindre curiosité.

Le notaire s'énerva légèrement.

– Enfin, vous ne me demandez pas, inspecteur, pourquoi je me suis déplacé jusqu'à vous !

– Mes occupations, répondit avec détachement l'inspecteur, ne me laissent pas le temps de me pencher sur les états d'âme des notaires londoniens.

Mouché, le notaire prit le parti de rire.

– J'imagine, ironisa l'inspecteur, que l'affaire qui vous amène est quelque peu comique.

Me Cree reprit son air grave.

– Elle pourrait être comique en effet, si elle n'avait aucun rapport avec l'enquête criminelle qui vous occupe.

L'inspecteur Buckingham s'impatienta à son tour.

– Je comprends, maître, que vous preniez des airs solennels et mystérieux afin de dissimuler ce que je suppose être du désarroi. Il est temps maintenant de m'expliquer ce qui motive votre insolite démarche.

Le notaire tripota nerveusement son chapeau galonné.

– Il s'agit de ma réputation, inspecteur.

– Mais encore.

Le notaire posa son chapeau sur un guéridon, se carra dans son fauteuil et prit une forte inspiration.

– Je vais tout vous avouer, inspecteur, quoiqu'il m'en coûte. Ce matin, j'ai reçu la visite de Mlle Cynthia Lemon. Elle était en larmes. Mme Osborne lui avait téléphoné pour l'informer qu'il ne restait plus un sou sur le compte de son mari à la Barclays Bank. Son compte courant avait été asséché par un virement de 420 000 livres à une banque suisse. Il ne restait donc rien pour honorer le legs de Cynthia Lemon. Celle-ci me rend responsable de cette déconvenue et m'accuserait volontiers de complicité avec l'auteur de ce virement. C'est très embarrassant.

– À quelle date ces opérations ont-elles eu lieu ?

– Trois jours avant la mort de Richard Osborne. En tant qu'exécuteur testamentaire, j'ai pu avoir tout à l'heure communication des comptes bancaires de l'écrivain et vérifier ainsi l'exactitude des affirmations de sa veuve. Reste à savoir pourquoi Osborne a effectué ce mystérieux virement.

L'inspecteur prit quelques notes rapides sur son petit carnet écossais.

– Avez-vous pu, maître, obtenir le nom de la banque suisse ?

– Il s'agit du Crédit Commercial de Lucerne, une petite banque peu connue. J'ai aussitôt appelé son directeur qui m'a déclaré ne pouvoir confirmer ou infirmer la réalité de ces virements. « Secret bancaire ! » m'a-t-il objecté. Tout ce que j'ai pu en tirer c'est l'aveu que la plupart des comptes ouverts à sa banque par des étrangers étaient numérotés. C'est-à-dire anonymes.

L'inspecteur Buckingham haussa légèrement les épaules.

– Je vois encore mal en quoi ces petits incidents financiers pourraient avoir un rapport avec mon enquête criminelle.

– Peut-être l'assassin de Richard Osborne n'a-t-il frappé qu'après avoir su que sa fortune était à l'abri. Peut-être même l'a-t-il convaincu de conclure cette opération.

– Mais aucun des suspects n'aurait eu intérêt à agir ainsi. Les uns pouvaient désirer la mort d'Osborne pour en hériter. Les autres pour l'empêcher de publier un certain livre. Pourquoi l'auraient-ils poussé à dissimuler sa fortune en Suisse ?

– Il y a peut-être un suspect auquel vous n'avez pas pensé et qui y avait intérêt, marmonna le notaire.

– Peut-être, répondit l'inspecteur sur le même ton. Pour le savoir, il faudrait que je fasse parler ce compte suisse.

L'inspecteur Buckingham s'attendait à trouver la veuve au désespoir. Elle l'avait reçu, sans manifester d'enthousiasme exagéré, dans son élégante maison à péristyle de Canonbury Square.

– Qu'est-ce qui me vaut encore le plaisir de votre visite, inspecteur ? avait-elle dit en insistant sur le mot *encore*.

L'inspecteur décida de se montrer brutal.

– Je voulais revoir une dernière fois votre ravissante maison avant que vous ne soyez obligée de la vendre.

– Pourquoi, diable, serais-je obligée de la vendre ?

– Parce que tout l'argent du compte en banque de feu votre mari a été transféré vers une banque suisse sur un compte numéroté. Et vous ne pourrez pas y toucher à moins de connaître ce numéro.

– Je sais tout cela par ma banque, en effet.

– Vous allez donc, pour honorer le legs fait par votre mari à Cynthia Lemon, être obligée d'entamer votre capital immobilier.

La veuve éclata de rire.

– C'est ce qui vous trompe, inspecteur. Le testament de mon mari dit précisément : « Je lègue à ma fidèle collaboratrice Cynthia Lemon, la somme de 200 000 livres en espèces à prélever sur mon compte en banque. » Puisque trois jours avant sa mort mon mari a procédé à ce mystérieux virement sur un compte numéroté au Crédit Commercial de Lucerne, le compte en banque de Londres est maintenant vide. La succession ne doit donc plus rien à Mlle Lemon. Je ne suis donc pas obligée de vendre ma maison. Et cette fille fera chou blanc.

– Voilà qui doit vous enchanter, madame.

– Pas tellement. Parce que ces 420 000 livres sont bloquées en Suisse.

– Et vous ne pouvez pas les toucher.

– Sauf si je connais le numéro de ce compte en Suisse.

– Mais vous l'ignorez.

– Je l'ignore, inspecteur.

La veuve soupira.

– Je me demande pourquoi mon mari a fait cela.

– Je pensais que vous le saviez.

– Comment le saurais-je ! Il ne m'en a même pas parlé !

L'inspecteur prit quelques notes hâtives sur son petit carnet écossais.

– En somme, reprit-il, cet argent est perdu.

– Il est perdu pour moi, puisque je ne connais pas le numéro du compte. Mais peut-être pas pour tout le monde.

– Selon vous, à qui votre mari aurait pu communiquer ce numéro ?

– Je n'en ai pas la moindre idée, inspecteur.

Le major Ronson, méditatif, tapota le fourneau de sa pipe contre le cendrier. L'inspecteur Buckingham, venu informer son chef hiérarchique de l'état de son enquête, respecta son silence. Le major Ronson ne parlait jamais à la légère.

– Il est possible, dit enfin le major, que cette histoire de virement en Suisse puisse avoir un rapport avec le meurtre de Richard Osborne, mais j'avoue ne pas arriver à le discerner.

– J'en suis là, moi aussi, avoua l'inspecteur Buckingham.

Le major Ronson bourra sa pipe de Captain Navy Cut.

– Il faudrait, murmura-t-il, déterminer pourquoi Richard Osborne a effectué ce virement.

– Nous connaissons déjà le nom de la banque suisse : le Crédit Commercial de Lucerne.

– Mais nous ne connaissons pas le numéro du compte ouvert par l'écrivain.

– J'ai fouillé les papiers de Richard Osborne avec l'accord de sa veuve, sans rien trouver. Ce qui est bizarre. Il aurait dû noter quelque part ce numéro. Ne serait-ce que pour s'en souvenir.

– Ou en tout cas pour en informer ses éventuels héritiers, compléta le major Ronson. C'est en effet très bizarre. Il y a quelque magouille là-dessous. À mon avis vous devriez aller à Lucerne interviewer le directeur de cette banque.

– Hélas, major, vous savez bien qu'il ne me dira rien. Les Suisses sont crispés sur leur fameux secret bancaire.

– Le secret bancaire peut être levé dans le cas de certaines infractions dont la nature délictueuse est reconnue par la législation helvétique. L'Angleterre a sur ce point des conventions juridiques très précises avec le gouvernement suisse.

– Je penserai alors à une infraction à la législation fiscale, fit remarquer l'inspecteur Buckingham. Richard Osborne pouvait désirer dissimuler une partie de ses revenus. On m'a laissé entendre qu'il pratiquait parfois une sorte de chantage avec les sujets de ses biographies.

– Évasion fiscale... Hum... Peu probable. Il devait se faire payer en espèces par ses victimes et évitait certainement de verser cet argent peu licite à son compte en banque. Ce genre d'argent sale ne voyage pas par virement bancaire, mais dans des valises. De toute façon, la législation suisse ne considère pas nécessairement l'évasion fiscale comme un délit justifiant la levée du secret bancaire. Mais ils y consentiront peut-être quand vous leur apprendrez qu'il y a eu crime.

– Peut-être aussi Osborne méditait-il de quitter l'Angleterre et de s'établir en Suisse où les impôts sont modérés. Il se constituait donc un magot dans ce pays.

– Dans ce cas, inspecteur, il en aurait parlé autour de lui. Et en premier lieu à sa femme.

– Je n'ai en effet rien trouvé dans ses papiers qui le laisse prévoir, comme par exemple une correspondance avec des agences immobilières suisses.

L'inspecteur Buckingham garda quelques secondes un silence songeur.

– En revanche, j'ai découvert en triant sa correspondance et ses factures deux notes d'un hôtel de Brighton et une facture d'un bijoutier local pour un bracelet. Il était allé y passer deux week-ends peu de temps avant sa mort.

– Peu de temps ?

– Très précisément les deux week-ends précédant ce salon du Livre d'architecture qui lui fut fatal.

– Des week-ends solitaires ?

– Sans doute pas. C'étaient des chambres à deux lits. Et la facture mentionne chaque fois : deux petits déjeuners.

– Sa femme ?

– Non, ce n'était pas Deborah Osborne qui l'accompagnait. Ils ne prenaient plus depuis longtemps de week-end ensemble. Ce n'est pas non plus Cynthia Lemon avec laquelle il avait rompu.

– Avec qui alors ?

– Je n'en sais rien. Et Deborah Osborne pas plus que moi.

18

En prenant le train à Victoria Station à destination de Brighton, l'inspecteur Buckingham eut une bouffée de mélancolie : il devait bien être le seul, songeait-il parmi cette foule bruyante qui se ruait ce dimanche-là vers les plaisirs balnéaires, à partir pour affaires. Son wagon était bondé de joyeux vacanciers en shorts ou minijupes qui casaient dans les filets raquettes de tennis et filets de pêche à la crevette. Il se sentit presque gêné d'être en costume strict, son éternel chapeau melon sur les genoux.

Il se morigéna. Ne devrait-il pas au contraire se sentir plein d'allégresse, puisque la prédiction qu'il avait faite à sa femme s'était réalisée : un fait nouveau s'était produit qui relançait son enquête.

Richard Osborne avait donc eu une nouvelle maîtresse entre sa rupture avec Cynthia Lemon et sa mort tragique dans le Salon Vert. Une maîtresse qu'il ne voyait pas le soir, puisqu'aux dires de sa femme, il ne quittait pas le coin du feu, mais qu'il emmenait en week-end à Brighton. Deux semaines consécutives. Cette liaison avait-elle commencé avant que Richard Osborne se séparât de Cynthia Lemon ? Cela expliquerait cette rupture dont la brusquerie avait surpris la jeune femme, qui, de son côté, avait commencé alors à tromper son vieil écrivain d'amant avec le jeune Patrick Rushman. L'évocation de ces chassés-croisés d'alcôve étourdit un moment l'inspecteur Buckingham...

Et ce bracelet ? Très important ce bracelet. L'heureuse élue de ces week-ends le portait-il encore ? La facture du bijoutier de Brighton mentionnait simplement : « Bracelet or, style pompéien, 600 livres. » Un beau bracelet sans doute à en juger par le prix. Le genre de bijou que l'on offre à une dame à qui l'on tient assez. Style pompéien ? Que fallait-il entendre par là ? L'inspecteur Buckingham s'y connaissait assez mal en bijoux féminins.

L'hôtel Victoria, situé un peu à l'écart du centre de Brighton, dans une rue tranquille, était petit mais luxueux. Trop luxueux même comme l'étaient parfois les discrets hôtels de passe londoniens. La réceptionniste n'était pas placée derrière un comptoir mais assise devant un bureau Louis XV, ou plutôt une copie de bureau Louis XV surchargée de dorures. Le visage maquillé outrageusement, elle était couverte de bijoux voyants, probablement faux. La moquette de l'entrée était épaisse, trop épaisse, comme destinée à étouffer des bruits suspects. Tout à fait l'endroit, songea l'inspecteur, pour pousser des cris de plaisir adultérin. Il se surprit à guetter les rumeurs qui pouvaient filtrer des étages jusqu'à cette entrée luxurieuse à force d'être luxueuse. Une femme qu'un homme entraînait là devait deviner aussitôt quels étaient ses lubriques desseins !

L'inspecteur Buckingham montra sa carte du Royal Protection Group à la réceptionniste qui hocha la tête, impressionnée.

– Vous êtes au service de la famille royale, inspecteur ?

– Service de la reine, en effet, répondit l'inspecteur Buckingham en claquant légèrement les talons.

Il exhiba les deux factures de l'hôtel.

– Vous souvenez-vous de ces deux clients-là ?

La réceptionniste examina les documents puis partit d'un rire ironique.

– Vous me prêtez une mémoire extraordinaire, inspecteur, ces factures sont vieilles de plusieurs semaines. Je suis bien incapable de me souvenir de ce couple.

– N'oubliez pas, madame, que je suis au service de la reine. Faites un effort et consultez votre comptabilité. Ces factures ont peut-être été payées par chèques ou carte de crédit.

L'inspecteur tapotait son melon d'un air si impatient que la réceptionniste s'empressa d'aller quérir dans une armoire, également Louis XV et tout aussi dorée que le bureau, un registre recouvert de toile noire qu'elle feuilleta d'un doigt diligent.

– Ces deux factures ont été payées par carte de crédit, fit-elle. En voici les doubles. Ils sont au nom de M. Richard Osborne.

– Vous souvenez-vous maintenant de ce monsieur ?

– À peine, inspecteur. Il me semble que c'était un petit homme chauve d'un certain âge. Mais je ne serais pas capable de le reconnaître.

– Et la dame qui l'accompagnait, pouvez-vous me la décrire ?

– Guère plus. Je me rappelle seulement m'être fait la réflexion qu'elle n'avait pas la moitié de l'âge de son ... de son chevalier servant.

La réceptionniste ricana avant de reprendre :

– C'est généralement le cas de tous les couples que nous recevons. Nous sommes l'hôtel le plus cher de Brighton et en général les messieurs riches aiment les demoiselles un peu jeunes. Tout au moins, le genre de demoiselles un peu jeunes qui aiment les messieurs riches.

– Ils ne viennent jamais ici avec leurs femmes ? interrogea l'inspecteur Buckingham d'un air innocent.

La réceptionniste éclata d'un rire si sarcastique que l'inspecteur n'insista pas.

Le bijoutier retourna la facture dans tous les sens comme s'il s'agissait d'un document crypté.

– Je suis tenu au secret professionnel, inspecteur, ne l'oubliez pas.

L'inspecteur Buckingham agita d'un air menaçant sa carte du Royal Protection Group.

– Un citoyen britannique ne doit pas avoir de secret pour la reine, monsieur, ne l'oubliez pas.

Le bijoutier lança un coup d'œil à la ronde. Sa boutique était la plus achalandée du front de mer et plusieurs couples attendaient, l'oreille indiscrète, la fin de cet aparté. L'un d'eux, impatienté, fit mine de sortir de la boutique.

– Tout ce que je peux vous dire, inspecteur, fit le bijoutier d'une voix hâtive, c'est que cette dame était très jeune. Beaucoup plus jeune que le bonhomme qui lui achetait ce bracelet.

– Pouvez-vous me la décrire ?

– Très vaguement, inspecteur. Il y a si longtemps de cela et je vois passer tant de couples qui viennent célébrer par l'achat d'un bijou les heures charmantes qu'ils ont passées dans notre bonne ville.

L'inspecteur frappa de son melon le comptoir d'un air si agacé que le bijoutier fit mine de se concentrer.

– Il me semble, bredouilla-t-il, que c'était une dame un peu petite. Blonde sans doute. C'est elle qui a choisi le bracelet.

– Ah oui, le bracelet pompéien ! Qu'est-ce qu'un bracelet pompéien ?

– Nous désignons ainsi un modèle de bracelet imité d'un bijou qu'on a trouvé dans les ruines de la ville romaine engloutie par le Vésuve.

L'inspecteur Buckingham faillit exploser.

– Vous allez me dire, by Jove, à quoi ressemble ce bracelet !

Le bijoutier murmura d'une voix craintive :

– Je ne voudrais pas nuire à la dame qui le porte aujourd'hui.

L'inspecteur Buckingham prit son air le plus sévère.

– La reine sera fort mécontente d'apprendre que vous refusez de me décrire ce bracelet.

– Mon Dieu, la reine... balbutia le bijoutier.

Manifestement, il se voyait déjà enfermé dans un des sinistres cachots de la Tour de Londres.

– Je vais tout vous dire inspecteur. Ce bracelet était en or. Il représentait un serpent qui se mord la queue. Les Romains avaient emprunté ce type de bracelet aux Perses, qui, eux mêmes...

– Merci, dit l'inspecteur Buckingham, cela me suffit.

Le directeur de l'agence de la Barclays Bank reçut l'inspecteur Buckingham le lundi suivant avec une froideur marquée.

– Nous n'observons pas à Londres, inspecteur, un secret bancaire aussi rigoureux qu'en Suisse. Néanmoins, nous ne donnons pas de renseignements sur les comptes de nos clients, sauf au fisc et au notaire en cas de décès.

Et il ajouta à mi-voix : « Et au juge d'instruction s'il y a enquête criminelle. »

– Un juge d'instruction sera sûrement désigné dès que j'aurai remis mon rapport au Royal Protection Group, rétorqua l'inspecteur Buckingham. Jusque-là l'affaire reste de mon ressort exclusif comme tout crime ou délit commis dans les palais de la reine.

Il se pencha, enjôleur, vers le directeur.

– Je comprendrais très bien, monsieur le directeur, que vous ne puissiez pas me communiquer le numéro de ce compte au Crédit Commercial de Lucerne où Richard Osborne a transféré les fonds du compte qu'il avait à votre banque.

– Mais je l'ignore, inspecteur ! Ce numéro est secret. Même pour moi.

« Damnés Suisses ! » pesta intérieurement l'inspecteur. Avec leur secret bancaire, ils se faisaient les complices de tous les trafics, depuis l'argent de la drogue jusqu'aux tractations criminelles. Car il ne doutait pas que ce virement suspect n'eût un rapport avec le crime du Salon Vert.

– Vous pouvez, je l'espère, me dire la date à laquelle a eu lieu ce virement, transigea-t-il.

– Je crois que je peux aller jusque-là.

Le directeur consulta une liasse de relevés d'ordinateur.

– Il a eu lieu le 6 juin 1994.

– Soit trois jours avant la mort de Richard Osborne, murmura l'inspecteur Buckingham, songeur. La coïncidence est pour le moins troublante.

– Je ne vois pas où est la coïncidence.

– On peut supposer que la personne qui a attenté aux jours de l'écrivain ne l'a fait qu'après que sa fortune mobilière a été transférée en Suisse sur un compte secret, dont elle est désormais seule à connaître le numéro.

– Quelle imagination, inspecteur !

– C'est mon métier d'avoir de l'imagination. Une dernière question, monsieur le Directeur. Madame Osborne avait-elle la signature sur le compte de son mari ?

– En effet. Ils avaient ce qu'on appelle un compte joint. Elle pouvait tirer des chèques sur ce compte.

– Pouvait-elle aussi donner des ordres de virement ?

– Certainement.

– En Suisse ?

– Éventuellement, inspecteur, éventuellement. Elle aura pu en effet signer l'ordre de virement auquel vous pensez dans le but, par exemple, d'échapper aux droits de succession.

– Trois jours avant sa mort ! Ce serait très troublant ! Puis-je vous demander de le vérifier ?

– Les doubles des ordres de virement sont classés dans nos archives au siège. Il me faudra plusieurs jours pour retrouver celui-là. Disons que je pourrais vous le communiquer la semaine prochaine.

– Cela me paraît un peu long, soupira l'inspecteur Buckingham. Je crois que pour meubler cette attente je vais aller faire un petit tour en Suisse.

– À Lucerne, peut-être ?

– À Lucerne. Comment l'avez-vous deviné ?

19

– Je crains, monsieur l'inspecteur, que vous ne soyez pas tout à fait au courant de la législation bancaire suisse, susurra d'une voix doucereuse le directeur du Crédit Commercial de Lucerne.

– Je sais, répondit l'inspecteur Buckingham, que vous êtes tenu à un certain secret. Mais vous n'êtes pas obligé de faire semblant d'ignorer ce que je sais déjà. Or, j'ai appris qu'une somme de 420 000 livres a été virée du compte de M. Richard Osborne à la Barclays de Londres au compte numéroté qu'il a ouvert dans votre banque.

– Moi je n'en sais rien. Reconnaître l'existence d'un compte pour un banquier suisse est une violation directe de la loi. Si je commettais ce crime fédéral – c'est ainsi que le qualifie notre loi de 1934 – je risquerais une amende de 50 000 francs suisses et une peine de prison pouvant aller jusqu'à 6 mois. J'ajouterai, monsieur l'inspecteur, que toute personne incitant ou tentant d'inciter un employé d'une banque suisse à commettre une telle infraction peut se voir infliger une amende de 30 000 francs suisses.

– J'ai peine à le croire, fit l'inspecteur Buckingham, quelque peu effrayé.

Le directeur de la banque le prit en pitié.

– Rassurez-vous, inspecteur, ces dispositions sont rarement appliquées de nos jours. Elles avaient été édictées avant la guerre pour empêcher les nazis de repérer les comptes ouverts en Suisse par des Juifs allemands.

Il prit un temps et ajouta d'une voix perchée :

– Nous observions déjà ces principes à l'égard des sommes que plaçaient chez nous les aristocrates français du temps de la Révolution.

L'inspecteur Buckingham approuva d'un signe de tête. Il n'aimait pas ces révolutionnaires français qui s'étaient permis de guillotiner leur roi.

– Tout ce que je peux faire, fit le directeur de banque, conciliant, c'est ne pas nier que ce virement ait eu lieu.

– Le 3 juin dernier.

– Je ne le nie point.

– D'ordre de M. Richard Osborne ou d'ordre de sa femme Deborah Osborne ?

– Cela, inspecteur, je ne peux pas vous le dire.

L'inspecteur Buckingham roula plusieurs fois entre ses mains son chapeau melon d'un air impatient.

– Vous n'ignorez pas, monsieur le directeur, qu'il existe entre la Suisse et la Grande-Bretagne un accord de coopération juridique pour que soit levé le secret bancaire dans les affaires criminelles. Or, j'ai la preuve que M. Richard Osborne a été assassiné. Il est donc important d'établir si les fonds transférés de sa banque londonienne à la vôtre, trois jours avant sa mort, l'ont été par lui personnellement ou par sa femme. Ils avaient en effet un compte joint à la Barclays.

– Il me faudrait, inspecteur, pour que je puisse vous répondre, une réquisition du juge d'instruction anglais.

L'inspecteur Buckingham se leva à demi de son siège, l'air indigné.

– Je suis assermenté auprès de la reine ! s'écria-t-il. Cela devrait vous suffire !

Le directeur du Crédit Commercial de Lucerne leva les bras en signe d'impuissance.

– Je ne peux enfreindre la loi, monsieur l'inspecteur. Je n'ai pas envie d'aller en prison.

Puis il ajouta précipitamment :

– Mais je ne veux pas mécontenter votre aimable souveraine. Je vous confierai donc une information importante qui me dégage d'ailleurs de toute responsabilité dans cette affaire : les sommes versées ici à ce compte numéroté dont vous me parliez et dont j'ai consenti à ne pas nier l'existence, ont été transférées le 9 juin à un autre compte numéroté à la City Bank de l'île Caïman.

– À l'île Caïman ! La veille de la mort de M. Osborne !

L'inspecteur Buckingham montrait une mine si étonnée que le directeur ajouta d'un ton professoral : « Il s'agit, voyez-vous, inspecteur, d'un paradis fiscal à côté duquel la Suisse est peu de chose. C'est une île des Caraïbes à huit cents kilomètres au Sud de Miami.

– Pouvez-vous me dire qui vous a donné l'ordre d'effectuer cet étrange transfert ?

– Ne recommencez pas inspecteur !

L'inspecteur Buckingham affichait une mine si déconfite que le directeur du Crédit Commercial de Lucerne prit pitié de lui.

– L'île Caïman est la seule île des Caraïbes, expliqua-t-il, qui n'ait pas demandé son indépendance. Elle est restée possession britannique, ce qui lui a, entre parenthèses, évité de sombrer dans la misère et l'anarchie. Je pense qu'en qualité de représentant de la reine vous aurez là-bas moins de peine qu'ici à percer le secret de ces virements.

– Aux Caraïbes ! soupira l'inspecteur Buckingham qui conservait un souvenir mitigé de sa dernière enquête à l'île Moustique, dans la propriété de la princesse Margaret[1].

– Il y a de très confortables hôtels à l'île Caïman,

1. Voir *Triple crime chez la princesse.*

monsieur l'inspecteur, tenus par des Britanniques. Je suis persuadé qu'on vous y servira de véritables breakfast avec d'excellents œufs au bacon.

– Puissiez-vous dire vrai, murmura l'inspecteur Buckingham.

– Heureusement, fit remarquer Mme Smith à son mari, tu n'auras pas besoin de courir les magasins pour t'équiper. Tu as déjà les deux costumes de toile et le melon blanc que tu avais achetés pour ton enquête à l'île Moustique.

– Il s'agissait d'une seule veste blanche pour deux pantalons, fit remarquer l'inspecteur Buckingham. Le trésorier du Palais m'avait fait remarquer que sous les tropiques on se promène toute la journée en chemise à manche courte et que l'on n'enfilait une veste qu'à l'occasion des dîners un peu cérémonieux. Il avait donc estimé que je n'avais pas besoin de deux costumes complets. Une veste pour deux pantalons suffiraient. La reine a donné en effet des consignes d'économie depuis que le Parlement l'a contrainte à payer des impôts.

– Pauvre reine. Elle est bien obligée de se rattraper sur tes notes de frais !

L'inspecteur Buckingham n'avait jamais douté de l'amour de son épouse. Mais il était bien forcé de reconnaître qu'il passait dans son cœur un tout petit peu après la reine. C'était le cas de toutes les Anglaises patriotes. Il ne songea pas à s'en plaindre. C'est cela qui faisait la force de l'Angleterre !

– Je vais vous faire un mot pour le gouverneur de l'île Caïman, dit le prince Charles. J'ai fait sa connaissance lors de mon voyage officiel aux Caraïbes il y a quelques années. Non seulement, c'est un homme charmant et tout dévoué à la Couronne, mais il joue aussi très bien au golf. Je suis sûr qu'il vous sera d'un appui précieux.

Tout le monde essaiera d'ailleurs de vous aider à l'île Caïman. Les habitants sont très fiers d'être anglais et tiennent à le rester. Ils se garderont bien d'offenser la reine en votre personne.

Le prince Charles ajouta un ton en dessous et comme par-devers lui :

– Ma mère s'impatiente. Elle n'aura l'esprit en repos que lorsque le meurtrier du Salon Vert sera sous les verrous.

– Ou la meurtrière, ajouta l'inspecteur Buckingham.

– Ou la meurtrière, consentit le prince Charles. La reine s'inquiète du laisser-aller qui règne au Palais. Il s'est avéré que des membres du personnel s'adonnaient à l'alcoolisme. D'autres auraient des mœurs désordonnées. On soupçonne même certains valets d'avoir des goûts pour d'autres valets.

– C'est terrible ! soupira l'inspecteur Buckingham.

– Et voici que l'on commet des crimes dans l'enceinte même de Buckingham. C'est vraiment très contrariant. La reine en est très affectée. Je dois donc vous demander, inspecteur, de faire diligence. J'escompte qu'à votre retour de l'île Caïman tout sera mis au clair.

– Il se trouve, Votre Altesse royale, que j'en ai la nette intuition. Ce mystérieux virement est la clef de l'énigme que me pose encore le crime du Salon Vert.

20

À Georgetown, capitale de l'île Caïman, l'inspecteur Buckingham était descendu au Hyatt, l'hôtel le plus confortable, que le prince Charles lui avait personnellement recommandé. Cet établissement était doté d'un golf superbe.

Dès son arrivée, l'inspecteur avait fait parvenir au gouverneur de l'île, sir George Bennett, la lettre de recommandation du prince. Le gouverneur lui avait aussitôt proposé une partie de golf.

– Ce sera plus agréable, inspecteur, qu'une entrevue à mon bureau. Et nous serons à l'abri des oreilles indiscrètes.

Il était visiblement impressionné par la princière missive. Il le fut encore plus quand l'inspecteur Buckingham lui révéla qu'il enquêtait sur un crime commis dans un des salons du palais royal.

– Je ne connais pas la City Bank, dit le gouverneur. Ce doit être une de ces toutes petites banques qui prolifèrent sur l'île et qui n'occupent parfois qu'un seul bureau. Songez que pour 27 000 habitants nous avons 763 banques. La plupart se sont créées après 1970, lorsque notre législation financière est devenue très compréhensive.

– J'avais entendu dire, en effet, que l'île Caïman était un paradis fiscal, comme le Lichtenstein, Panama et Antigua.

– Ici on peut ouvrir une banque sans formalité contraignante. On n'exige pas de capital social. On ne vérifie pas l'identité des fondateurs. Un avocat présente les papiers, règle les droits qui sont modérés et le tour est joué. Ces banques ne font ensuite l'objet d'aucun contrôle.

– C'est merveilleux, soupira l'inspecteur Buckingham, qui regretta dans un court moment d'immoralité de ne pas posséder une fortune qu'il aurait ainsi pu mettre à l'abri des curiosités du fisc.

– Les clients de nos banques sont, en effet, merveilleusement protégés. La loi prévoit même des peines d'emprisonnement pour quiconque chercherait à percer un secret bancaire, par exemple à connaître le nom d'un client.

– Diable ! s'écria l'inspecteur Buckingham qui se voyait déjà jeté, enchaîné, dans un cachot rempli de scorpions.

– Rassurez-vous, je veillerai sur votre sécurité. Je représente comme vous la reine et je ne laisserai pas les autorités judiciaires vous importuner. Les habitants de l'île craignent comme la peste de me mécontenter. Ils se félicitent tous les jours d'avoir choisi la citoyenneté britannique après la guerre tandis que les autres îles des Caraïbes préféraient l'indépendance. Ils ont échappé ainsi à la misère, au chômage et à la délinquance.

L'inspecteur Buckingham se permit de sourire.

– Leur prospérité tient pourtant à ce qu'ils sont devenus le havre de l'argent des filous du monde entier.

– Peut-être, mon cher. Mais en attendant l'île est propre comme une ville hollandaise et calme comme la Suisse. Ici le crime est pratiquement inconnu. On ne vole pas de voiture, on n'arrache pas de sacs à mains, il n'y a pas de trafiquants de drogue. Georgetown, la capitale, est aussi paisible le soir qu'un village du Surrey.

Autour d'eux, de solennels hommes d'affaires que l'inspecteur avait vu débarquer de son avion avec de lourds attachés-cases tapaient avec conviction sur leurs balles de golf.

– Vos touristes ont l'air de gens très sérieux, fit remarquer l'inspecteur Buckingham.

– Ils sont en effet très décontractés. Ici personne n'importune les gens qui apportent de l'argent.

– En espèces, dans de grands attachés-cases.

– Par exemple. Mais il n'y a pas non plus de contrôle sur les virements adressés à nos banques par des banques étrangères.

Nous y voilà ! pensa l'inspecteur Buckingham.

Il n'hésita pas et exposa son problème au gouverneur.

– En somme, résuma sir George Bennett, vous voulez obtenir de la City Bank qu'elle vous confirme qu'elle a bien reçu au début de juin un virement de 420 000 livres du Crédit Commercial de Lucerne.

– C'est exact.

– Et vous aimeriez savoir aussi à quel nom ce compte a été ouvert.

– C'est encore exact.

– Il est probable que ce compte ne comporte qu'un simple numéro.

– Certes, monsieur le gouverneur. Mais la banque sait quel est le bénéficiaire réel.

– Elle ne consentira sans doute pas à vous le dire.

– À moins que vous ne puissiez l'en convaincre.

Sir George Bennett hocha la tête sans répondre. Il termina la partie sans plus ouvrir la bouche. Mais les deux rides verticales qui s'étaient formées au milieu de son front trahissaient une réflexion intense.

Sur la grand place de Georgetown, en face du superbe monument en pierre représentant le roi George V orné d'une inscription en lettres de bronze « À notre bien aimé George V » s'élevait le « Butterfield ». C'était un building massif abritant une trentaine de petites banques qui ne comportaient qu'un bureau, discrètement signalées par des plaques de cuivre.

La City Bank était établie au deuxième étage dans une pièce si modeste que l'inspecteur Buckingham eut l'impression de pénétrer dans un placard.

Un petit homme très brun, aux fortes moustaches, était assis devant un étroit bureau de bois blanc.

– Quel bon vent vous amène, monsieur... monsieur...

– Inspecteur John Smith du Royal Protection Group, fit l'inspecteur Buckingham en exhibant sa carte aux armes de la Maison royale.

Il y eut comme une lueur de panique dans les yeux du petit homme.

– C'est pour un placement, inspecteur ?

– Non, c'est pour une enquête.

Le petit homme parut de plus en plus effrayé.

– Une enquête, balbutia-t-il, qu'est-ce que je peux avoir à faire avec une enquête !

Son anglais était teinté d'un fort accent d'Europe du Sud. L'inspecteur Buckingham se demanda s'il était italien ou espagnol.

– Quel est votre rôle dans cette banque ? demanda-t-il sèchement.

– Je suis le directeur.

– Vous n'avez pas d'employés, ni de secrétaires ?

– Je remplis toutes ces fonctions, inspecteur. C'est que nous sommes une très petite banque.

– Puis-je vous demander votre nom ?

– Certainement. Je m'appelle Ange Bastianoli.

Un Corse ! Voilà qui expliquait cet accent chantant que l'inspecteur reconnaissait maintenant. Il l'avait tant entendu dans la bouche d'inspecteurs corses pendant son stage de jeune policier au Quai des Orfèvres !

– Vous êtes corse ?

– Oui, monsieur l'inspecteur. Un Corse de Londres.

J'ai longtemps été employé dans un pub. Mes affaires n'ont hélas pas très bien marché. Heureusement j'ai pu me recaser dans la banque. Un bien beau métier.

– Assurément. Il y a longtemps que vous l'exercez ?

– Une quinzaine de jours, inspecteur. Exactement depuis le trois juin. La City Bank est toute jeune.

– Puis-je savoir le nom du pub londonien où vous étiez employé ?

– Je n'ai pas de raison d'en faire mystère. C'était le Black and White dans le quartier de Chelsea.

L'inspecteur Buckingham consulta son petit carnet écossais.

– En somme, dit-il, vous avez ouvert cette banque à Georgetown juste à temps pour recevoir un certain virement du Crédit Commercial de Lucerne en date du 9 juin dernier. Moins d'une semaine après votre installation.

– Je ne sais pas de quel virement vous voulez parler, inspecteur.

– Un virement de 420 000 livres. Sans doute au nom de M. Richard Osborne.

– Ce nom ne me dit rien.

– Ou à un autre nom.

Le petit homme se renfrogna.

– De toute façon, inspecteur, je n'ai pas le droit de vous donner des renseignements sur mes clients et sur les comptes ouverts à ma banque. Je risque la prison selon la législation locale.

– Vous refusez donc de me révéler le nom du bénéficiaire de ce virement.

– Oui, inspecteur. Voyez-vous, je ne supporte pas le régime carcéral.

L'inspecteur Buckingham se demanda si son interlocuteur parlait d'expérience. Il avait gardé au Quai des Orfèvres des relations amicales avec le Commissaire Antoine Costaviani, à qui rien de ce qui concernait les malfrats corses n'était étranger. Peut-être pourrait-il l'éclairer sur ce point, mais avec le décalage horaire il fallait attendre le lendemain matin pour l'appeler au téléphone à Paris.

– Il n'y a aucune irrégularité à relever contre cette City Bank, affirma d'une voix pleine de regret Sir George Bennett. Elle a en effet été légalement immatriculée ici le 3 juin dernier.

– Dans la journée ! s'étonna l'inspecteur Buckingham.

– Cela n'a rien de surprenant. Il suffit de prendre un associé caïmanais, de remplir quelques papiers, de louer un bureau et de demander une licence B. La banque est légalisée dès qu'elle peut justifier de dépôts dépassant quatre cent mille dollars.

– C'est à peu près le montant du virement du Crédit Commercial de Lucerne, fit observer l'inspecteur Buckingham.

– En effet. Cette banque existe donc pleinement sur le plan légal.

– Tout se passe comme si ce Bastianoli avait été commandité par l'auteur du virement pour lui préparer une niche confortable dans un paradis fiscal, conclut l'inspecteur Buckingham. Et je crois de moins en moins que Richard Osborne ait été l'auteur de toute cette manœuvre.

– C'était pourtant son argent !

– Certes. Mais quelqu'un a pu agir à son insu. Soit une personne qui avait la signature sur son compte. Soit quelqu'un qui a imité sa signature.

L'inspecteur Buckingham hocha la tête et murmura :

– Il faut absolument que je réussisse à soutirer à ce Bastianoli le nom sous lequel il a enregistré ce virement.

– Hélas, il vous opposera le secret bancaire, comme je vous l'ai prédit.

– Il l'a déjà fait. Mais il me reste un espoir.

– Lequel ?

– Que ce Corse ait déjà eu affaire à la justice.

21

– Salut ! Mon bon John ! s'écria dans l'appareil le commissaire Costaviani. Ça fait un bail qu'on ne s'est pas vus ! Que deviens-tu ?

L'inspecteur Buckingham fit un résumé succinct de sa carrière depuis ces années soixante-dix où il débutait dans le métier et où ses chefs de Scotland Yard l'avaient envoyé faire un stage auprès de la police française, plus experte qu'eux dans le domaine de la répression de la drogue.

– Alors comme ça tu travailles directement avec la reine ! s'émerveilla le commissaire.

– Disons mon cher Antoine, que je suis à son service, corrigea modestement l'inspecteur Buckingham.

– Et tu la vois tous les jours ?

– Bien sûr que non « mon vieux », à peine une fois par mois. Je vois il est vrai un peu plus souvent le prince Charles. Si jamais tu viens à Londres, je pourrai te le faire rencontrer. Il s'intéresse beaucoup à la chasse aux trafiquants de drogue.

– Eh bien, mon cher John, quand je vais raconter cela à ma femme, elle va être un peu épatée.

L'inspecteur Buckingham garda un instant de silence pour essayer de reprendre ses esprits. Ces latins parlaient si vite et sautaient tellement d'une idée à l'autre !

– J'ai un service à te demander, mon cher Antoine, reprit-il. Il s'agit d'un certain Ange Bastianoli, un Corse évidemment. Je voudrais savoir s'il n'a pas été un de tes clients.

– Je me souviens de lui, en effet. Un petit malfrat qui a été mêlé il y a deux ou trois ans à une affaire de drogue compliquée de racket. Un mandat d'arrêt avait été lancé contre lui mais il s'est évanoui dans la nature. On l'a cherché un certain temps puis on a laissé tomber.

– Il avait filé en Grande-Bretagne où il s'était placé dans un pub, le Black and White à Chelsea.

– Je connais. C'est une boîte qui appartient à un parrain corse. Un certain Costa, mouillé dans la drogue et les jeux. Il planque volontiers ses compatriotes.

– Je viens de retrouver ce Bastianoli aux Caraïbes, reprit l'inspecteur Buckingham. J'ai l'impression qu'il est mêlé à une sombre affaire de détournement d'argent que je suis chargé d'éclaircir.

– Ça ne m'étonne pas. Ces Corses sont sans cesse en mouvement. Afrique, Asie, Océanie, on les retrouve partout où s'échafaudent des combines !

– Le problème est le suivant. Ce Bastianoli possède des informations qu'il ne veut pas me donner.

– Ces accès de discrétion sont fréquents chez les Corses.

– Il me le dirait peut-être si je pouvais lui faire peur.

– Et tu espères, John, que je pourrai t'aider à y parvenir.

– Voilà.

Le commissaire Costaviani réfléchit quelques secondes.

– Tout ce que je peux faire, c'est réanimer son dossier.

– C'est-à-dire ?

– Je peux relancer un nouveau mandat d'arrêt contre lui et même un mandat d'arrêt international. Où se trouve exactement ton gars ?

– À l'île Caïman. C'est un territoire britannique.

– Parfait. Interpol pourra agir. Alors j'y vais ?

L'inspecteur Buckingham émit un petit rire.

– Je ne te demande pas d'aller jusque-là, mon cher Antoine. Il me suffit de savoir que tu peux le faire.

– Je peux le faire.

– Encore vous, inspecteur ! s'étonna Ange Bastianoli.

– Encore moi, monsieur le directeur de banque.

– Vous savez déjà que je ne vous dirai rien. Ni sur ce virement de 420 000 livres dont j'ignore tout, ni sur son bénéficiaire.

– Si vous ignorez tout de ce virement, vous ne devriez pas avoir besoin de me dire que vous ignorez tout aussi de son bénéficiaire.

Le Corse se mordit les lèvres.

– Vous ne réussirez pas à me piéger, inspecteur. J'ai la loi pour moi.

– Croyez-vous ?

Le visage d'Ange Bastianoli se couvrit d'un nuage.

– Que voulez-vous dire, inspecteur ? s'inquiéta-t-il.

– Je me suis laissé dire que la police française vous recherchait. Il se trouve que j'ai quelques relations au Quai des Orfèvres. Le commissaire Antoine Costaviani, ça vous dit quelque chose ?

Le Corse observa un silence éloquent.

– Le commissaire Costaviani, continua l'inspecteur Buckingham, vous recherche désespérément. Vous êtes en effet impliqué dans une affaire de drogue et de racket.

– Peuh ! Une vieille histoire, prescrite depuis longtemps.

– Pas du tout. Il s'agit de crimes. La prescription est de trente ans. Le commissaire Costaviani m'a dit tout à l'heure au téléphone qu'il songeait à lancer contre vous un mandat d'arrêt international.

– Quelle blague ! Je suis un bien trop petit gibier pour cela !

– Sans doute. Mais il est disposé à le faire quand même.

– Pourquoi diable ?

– Pour me rendre service.

– Je ne comprends pas.

L'inspecteur Buckingham se pencha vers le Corse, au-dessus du bureau, si bien que leurs visages se touchèrent presque.

– C'est pourtant fort clair, monsieur Ange Bastianoli. Vous détenez une petite information qui me serait très précieuse. Et moi je n'ai qu'un mot à dire au commissaire Costaviani pour qu'il renonce à cette idée de mandat d'arrêt international.

– Je vois où vous voulez en venir.

– Vous êtes très intelligent, monsieur Bastianoli.

– Vous pensez à un petit troc.

– Je n'emploierais pas ce mot. Je dirais plutôt un échange de services.

Ange Bastianoli, mâchoires serrées, semblait sur le point de pousser un rugissement. Puis son visage se détendit soudain et un radieux sourire l'illumina.

– Le nom de la personne sous lequel est enregistré ce virement à la banque est Bert Hilson, déclara-t-il d'une voix paisible.

L'inspecteur Buckingham avait sorti son petit carnet écossais.

– Un Anglais ? demanda-t-il.

– Euh... Oui... je crois, fit le Corse d'une voix hésitante.

Comme tous ses pareils, il cherchait à tricher sur la part du marché qu'il venait de conclure avec l'inspecteur.

– De Londres ?

– Peut-être, fit le Corse d'une voix sèche.

– Et le numéro du compte ?

Le Corse se leva. Il écumait.

– Je vous en ai assez dit, inspecteur ! hurla-t-il. Selon les lois locales je risque déjà la prison pour vous avoir fait ces révélations ! À tout prendre, je préfère les prisons françaises à celles de l'île Caïman !

Le Corse avait porté sa main à sa ceinture comme s'il allait en sortir un pistolet ou un couteau à cran d'arrêt. L'inspecteur Buckingham jugea qu'il n'en tirerait plus rien et n'insista pas.

Mais qui pouvait bien être ce Bert Hilson ? se demandait-il en se retirant.

– Bravo ! Vous avez réussi ! s'exclama sir George Bennett en tapant énergiquement sur sa balle de golf.

– Oui, répondit l'inspecteur Buckingham. Je crois que j'ai réussi à faire peur à ce banquier d'occasion.

– Il me semble, mon cher inspecteur, que j'y suis aussi pour quelque chose, observa le gouverneur. Aussitôt après notre entrevue, j'ai fait savoir à ce Bastianoli, par certaines voies discrètes, que je l'avais à l'œil. Cela a certainement contribué à le rendre accommodant.

– Je vous en remercie, sir, répondit l'inspecteur Buckingham avec chaleur.

C'était à son tour de jouer et il s'absorba dans ces calculs stratégiques si importants au golf.

– J'espère, mon cher inspecteur, reprit le gouverneur, que vous n'allez pas quitter notre île sans aller faire un tour au Pirate's Cove, notre boîte de nuit à la mode.

– Je crains de ne pas être très porté sur ce genre de distraction, objecta l'inspecteur Buckingham.

– Vous me rendriez pourtant service en y allant, fit le gouverneur d'une voix quelque peu mystérieuse.

– Dans ce cas, monsieur le gouverneur, je ferai volontiers violence à mes goûts.

– Je vous expliquerai plus tard, ajouta le gouverneur d'une voix non moins mystérieuse.

Le Pirate's Cove n'était pas très différent de tous les établissements de plaisir dispersés dans les Caraïbes. On y buvait du rhum, des planter's punch et des « Cuba libre ». Un orchestre à demi ivre massacrait des airs martiniquais. Les clients, bronzés, en jean et tee-shirt, ressemblaient tous à des pirates, bien qu'ils ne fussent que de paisibles touristes. Il devait pourtant y avoir quelques exceptions car à peine l'inspecteur Buckingham s'était-il assis au bar qu'un métis aux cheveux gominés s'installa à côté de lui, l'air mauvais.

– Ça va ? lança-t-il.

L'inspecteur Buckingham remarqua qu'il portait des boucles d'oreilles. Il en conçut une légère répugnance et se contenta de répondre par un vague grognement.

– Je vous ai demandé si ça allait bien, reprit le métis d'une voix agressive.

L'inspecteur, irrité de cette insistance, lui tourna le dos. L'autre abattit sa main sur son épaule avec violence.

– Alors, mon gars, on n'est pas poli !

L'inspecteur chercha à se dégager d'un coup de coude. Le métis agrippa sa chemise et le fit pivoter. Leurs visages se touchaient presque.

– Tu sais comment on traite ici les gens malpolis ! siffla le métis.

L'inspecteur Buckingham était fatigué de cette comédie. D'une prise de jiu-jitsu, il précipita l'homme au bas de son tabouret. Le métis roula sur lui-même et se releva. Il brandissait un couteau. L'inspecteur Buckingham se préparait à lui envoyer son pied à la pointe du menton – un coup de boxe française qu'il avait appris au Quai des Orfèvres – lorsque le patron du bar, suivi d'une escouade de serveurs musclés, s'interposa. Ils s'emparèrent du métis et commencèrent à le tabasser méthodiquement. Le sang gicla bientôt du nez puis des oreilles du forcené.

– N'exagérez pas, dit l'inspecteur, il ne m'a même pas touché. Ça ne mérite pas la mort.

– Il faut qu'il nous dise qui l'a envoyé, gronda le patron du Pirate's Cove, j'ai des ordres.

Il arracha presque l'oreille du métis qui hurla enfin : « C'est Bastianoli ! »

Quelqu'un toucha l'épaule de l'inspecteur Buckingham. Il se retourna prêt au combat, poings serrés.

– Holà ! Inspecteur, épargnez-moi !

L'inspecteur Buckingham reconnut Sir George Bennett.

– Vous comprenez maintenant, dit le gouverneur, pourquoi je souhaitais que vous vous rendiez au Pirate's Cove. Je voulais savoir si Bastianoli s'arrangerait pour vous faire descendre.

– Afin que j'emporte dans la tombe le secret qu'il avait été obligé de me confier.

– C'est-à-dire, le nom du bénéficiaire de ce mystérieux virement.

– Un certain Bert Hilson, m'a-t-il dit.

– J'étais préoccupé, tout à l'heure, en vous quittant. Je craignais qu'il ne vous ait donné un faux nom.

– Et maintenant vous êtes rassuré.

– En effet, inspecteur, je sais maintenant qu'il ne vous a pas menti. Que le nom qu'il vous a lâché est bien celui du bénéficiaire. Sinon, il n'aurait pas organisé cette agression pour vous supprimer.

– Je croyais, monsieur le gouverneur, qu'il ne se commettait pas de crimes à l'île Caïman.

– Sauf au Pirate's Cove, inspecteur, sauf au Pirate's Cove.

22

La première visite de l'inspecteur Buckingham à son retour de Londres fut pour la veuve de Richard Osborne.

– Je tenais, madame, à vous informer de mes investigations au sujet du virement effectué du compte de votre mari à la Barclays Bank sur un compte en Suisse, quelques jours avant sa mort.

– Qu'avez-vous découvert, inspecteur ? s'enquit Deborah Osborne d'une voix où l'inspecteur Buckingham crut déceler une légère angoisse.

– J'ai d'abord découvert que ce virement pouvait avoir été fait, soit par votre mari, soit par vous. Sans lui en parler. Vous possédez en effet tous les deux un compte joint.

– Pourquoi aurais-je effectué ce virement à l'insu de mon mari ?

– C'est ce que je me suis demandé. Votre mari s'en serait vite aperçu.

– Et il aurait fait rapatrier l'argent.

– En effet ou du moins l'aurait tenté s'il n'était pas mort quelques jours plus tard.

Deborah Osborne garda un silence embarrassé.

– Nous serons bientôt fixés, dit l'inspecteur Buckingham. La banque recherche le bordereau de virement. Je l'aurai sans doute la semaine prochaine.

– La semaine prochaine.... balbutia Mme Osborne d'une voix étranglée.

L'inspecteur Buckingham remarqua avec surprise le trouble de la veuve. Il en profita pour poursuivre plus sèchement son interrogatoire.

– Bert Hilson. Ce nom vous dit-il quelque chose, madame ?

– Certainement. C'est le nom d'un cardiologue de l'hôpital de New Charing Cross. Il est venu plusieurs fois examiner mon mari qui avait horreur de se rendre dans les hôpitaux. Ce jeune médecin en profitait pour lui extorquer des honoraires exorbitants.

– Entretenait-il des rapports d'affaires avec votre mari ?

– D'affaires ? Que voulez-vous dire ?

– D'affaires financières.

– Pas à ma connaissance, inspecteur. Ce médecin surveillait son cœur, pas son portefeuille !

Le petit carnet écossais de l'inspecteur Buckingham se couvrait de notes.

– Autre chose, madame. Votre mari tenait-il un journal ?

– Oui. Il en enregistrait chaque jour quelques pages sur sa disquette personnelle.

– Sa disquette personnelle ?

– Mon mari utilisait un ordinateur. Aussi bien pour taper ses romans ou biographies que pour enregistrer son courrier personnel et son journal. Il employait une disquette spéciale pour ces deux dernières activités. Il l'appelait sa « disquette personnelle » pour la distinguer de la « disquette roman ».

– Où se trouve cette disquette ?

– Je l'ai mise à l'abri dès son décès. J'avais peur que quelqu'un s'en empare. J'ai pensé qu'il devait y avoir beaucoup de notes très personnelles dans son journal. Aussi ai-je craint qu'elle ne tombe entre les mains de la presse. Ces gens-là viennent fouiner partout. Mlle Phillys Closter a eu d'ailleurs la même idée que moi et a tout bouleversé dans le bureau de mon mari à la recherche de cette disquette avant que je lui dise que je l'avais mise en sûreté. Elle a voulu savoir où. J'ai refusé de la mettre dans le secret.

– Vous n'aviez pas confiance en elle ?

– On ne peut avoir confiance en personne quand on sait ce que les journaux consentent à payer pour n'importe quel document un peu piquant.

– Je vais vous demander, madame, de me confier cette disquette.

– Impossible, inspecteur, à moins que vous ne me donniez un ordre écrit de la reine. Et encore !

– Je n'ai pas l'intention de l'emporter hors de votre maison. Je veux simplement la lire. Et en sortir peut-être quelques passages à l'aide de l'imprimante. Avec votre accord, bien entendu.

– Si vous me promettez de ne rien sortir de cette disquette sans mon accord, j'y consens.

– Vous faites bien, madame. Il y va de votre intérêt. D'abord de votre intérêt financier. En m'aidant à boucler mon enquête vous pourrez peut-être récupérer vos 420 000 livres.

– D'abord, dites-vous ?

– Il y va aussi de votre situation devant la justice. Vous êtes en effet, à mes yeux, toujours suspecte.

– Suspecte de quoi ? Grands dieux !

– Mais d'avoir aidé votre mari à passer de vie à trépas !

La veuve porta les mains à sa poitrine. L'épouvante se lisait dans ses yeux.

– Je vais tout vous dire, inspecteur, lâcha-t-elle d'une voix brisée.

Le Black and White était un pub d'apparence élégante

situé à King's Road, une des rues achalandées de Chelsea, le quartier à la mode.

Lorsque l'inspecteur Buckingham y entra, le patron se précipita vers lui.

– Inspecteur Buckingham ! Quel honneur pour moi ! Que puis-je vous servir ?

Il était déjà arrivé à l'inspecteur qu'on le reconnût dans les lieux publics. Son chapeau melon était célèbre dans tout Londres.

– Chut ! glissa-t-il à l'adresse du patron. Je suis ici incognito.

– Une enquête criminelle, inspecteur ? souffla le patron.

– En quelque sorte. Et je vais avoir besoin de votre aide.

Le patron du Black and White bomba le torse.

– Au service de la reine, inspecteur !

– Première question : connaissez-vous le docteur Bert Hilson ?

– Assurément, inspecteur. C'est un de mes bons clients. Il vient souvent boire ici un verre après son service à l'hôpital. Il était encore ici hier.

– Seul ?

– Non. Il est presque toujours accompagné d'une jeune femme. Elle doit le prendre à la sortie de son hôpital.

– Pouvez-vous me la décrire ?

Le patron du pub se dandina avec embarras.

– Je peux seulement vous dire que c'est une petite blonde. Assez jolie, je crois. À vrai dire, j'évite de regarder sous le nez les dames qui escortent mes clients.

– Vous pourriez la reconnaître si je vous montrais sa photographie ?

– Je crois que oui, inspecteur.

– Une autre question : avez-vous employé un certain Ange Bastianoli ?

– Oui. C'était un de mes barmen. Il m'avait été recommandé par un patron de restaurant corse de Soho.

Il faisait plutôt bien son boulot jusqu'à un certain jour de mai dernier où il a brusquement disparu en me demandant un congé de quinze jours.

– Quel jour exactement ?

– Je ne l'ai pas noté. C'était un des derniers jours de mai.

L'inspecteur Buckingham prit quelques notes hâtives sur son petit carnet écossais.

– Une dernière question, lança-t-il. Le docteur Bert Hilson était-il en bons termes avec cet Ange Bastianoli ?

– Très bons termes, inspecteur. Et cela m'a surpris. Ils avaient de longs apartés au bar. Que pouvaient bien avoir à se dire un médecin britannique et un barman corse ?

– C'est très curieux en effet, convint l'inspecteur Buckingham.

Il accepta bien volontiers la Guinness mousseuse que tenait absolument à lui offrir le patron. Mais il tint à payer la seconde. Un inspecteur du Royal Protection Group ne devait se sentir l'obligé de personne.

De retour au Palais, l'inspecteur Buckingham convoqua à son bureau Billy Grass, stagiaire en service depuis le début de l'année. Il avait été placé là par Scotland Yard pour apprendre les bonnes manières avant d'être versé au service des voyages officiels.

– Billy, j'ai une mission pour toi.

– À vos ordres, inspecteur.

– Une mission qui requiert à la fois audace et discrétion.

– Je suis flatté, inspecteur, que vous ayez pensé à moi.

– Et c'est une mission urgente, Billy. Il s'agit de planquer à la porte du New Charing Cross Hospital et de repérer un certain Bert Hilson, un médecin, lorsqu'il sortira vers six heures.

– Bien, inspecteur.

L'inspecteur Buckingham lança au jeune homme un regard soupçonneux.

– Et comment le reconnaîtrez-vous, Billy ?

– C'est le concierge de l'hôpital qui le reconnaîtra. Comme je lui aurai filé dix livres, il me l'indiquera.

« Cette jeune génération connaît déjà toutes les vieilles ficelles grâce aux feuilletons télé ! » s'émerveilla l'inspecteur Buckingham.

– Une jeune fille l'attendra sans doute à la sortie, poursuivit-il. Probablement une petite blonde.

– Une petite blonde, parfaitement inspecteur.

– Je souhaite que vous les photographiiez tous les deux.

– Rien de plus facile. J'emporterai mon Minox.

– Aussitôt fait, Billy, vous rentrez ici dare-dare pour que l'on développe le rouleau.

– Dare-dare, inspecteur.

23

Ce matin-là, l'inspecteur Buckingham eut fort à faire. À la première heure, le jeune Billy Grass lui apporta les épreuves des photos qu'il avait prises la veille au soir à la sortie de l'hôpital de New Charing Cross. L'inspecteur les examina avec le plus grand intérêt et les rangea dans le tiroir de son bureau. Elles y rejoignirent une lettre, signée Ann Joggler, l'hôtesse qui avait donné l'alerte lorsqu'elle avait trouvé Richard Osborne inanimé. Elle était parvenue trois jours auparavant au major Ronson qui l'avait aussitôt remise à l'inspecteur Buckingham. Il la plaça au-dessus d'une liasse de papiers provenant visiblement d'une machine à traitement de textes.

L'inspecteur appela ensuite Sir George Bennett à l'île Caïman pour lui demander un renseignement. Le gouverneur lui promit de faire le nécessaire et de lui téléphoner aussitôt après.

L'inspecteur eut ensuite une assez courte conversation avec le patron du pub Black and White à la suite de laquelle son visage s'illumina d'une vive satisfaction.

Il s'entretint enfin brièvement avec le major Ronson. Ensemble, ils convinrent de convoquer un certain nombre de personnes au palais pour le lendemain matin.

– Il faudra prévoir deux policiers avec des menottes, dit l'inspecteur Buckingham.

Il informa de tout cela le Maître de la Maison de la reine afin que les contrôleurs de l'entrée laissent passer les personnes convoquées.

Voici la liste des personnages qui étaient rassemblés le matin suivant dans le bureau du major Ronson :

Billy Grass, le jeune stagiaire du Royal Protection Group.

Deborah Osborne, la veuve de Richard Osborne.

Cynthia Lemon, l'ancienne attachée de presse de l'écrivain.

Patrick Rushman, le « fiancé » de Cynthia Lemon.

Le docteur Bert Hilson.

Nancy Munington et son fils Jack.

Ann Joggler, l'hôtesse du Salon du Livre d'Architecture.

Ange Bastianoli.

Cette dernière mention avait étonné le major Ronson.

– Ce Corse ne s'est-il pas reconverti dans la banque à l'île Caïman ?

– Très provisoirement, major. Sir George Bennett, gouverneur de l'île, vient de m'apprendre qu'il a fermé sa banque la semaine dernière. Et le patron du Black and White m'a confirmé, comme je m'y attendais, qu'il avait repris son service de barman.

Ce fut le docteur Bert Hilson qui ouvrit le feu.

– Puis-je savoir, inspecteur, clamait-il avec arrogance, pourquoi j'ai été convoqué parmi toutes ces personnes que je ne connais pas ?

– Eh bien, commençons par là, dit l'inspecteur Buckingham. Je ferai d'abord observer qu'il y a quelqu'un ici que vous connaissez bien. Il s'agit de Mlle Phillys

Closter. Tout laisse croire qu'elle était votre maîtresse. Depuis un mois au moins.

– Quelle est cette fable, inspecteur ? Je ne connais pas du tout cette dame.

L'inspecteur tira de sa serviette une photo et la tendit au médecin.

– N'est-ce pas vous, docteur, que l'on voit sur cette photo en train d'embrasser Mlle Closter ?

Le médecin tripota la photo d'un air effaré.

– Je ne comprends pas, bredouilla-t-il. Je dois avoir un sosie.

– Oh non ! s'écria l'inspecteur Buckingham, le concierge de l'hôpital vous a lui-même désigné au photographe, un jeune stagiaire de mon service ici présent, qui peut en témoigner.

– J'en témoigne, s'écria Billy Grass avec solennité. Je peux attester aussi que le docteur et cette demoiselle ici présents s'embrassaient énormément sur la bouche.

– Je tiens à verser au dossier, reprit l'inspecteur, le témoignage du patron du pub Black and White à qui j'ai fait porter un tirage de cette photo ; d'après lui ces deux personnes fréquentaient ensemble son établissement depuis au moins un mois. Auparavant le docteur Bert Hilson y venait seul.

– Admettons que je connaisse mademoiselle, reconnut le médecin d'une voix hargneuse. Est-ce une raison pour me convoquer ?

L'inspecteur Buckingham sourit aimablement.

– Bien entendu, vous avez le droit de mener votre vie privée comme vous l'entendez et je ne me serais pas permis ces indiscrétions, n'eût été un détail gênant : l'escamotage d'une somme de 420 000 livres du compte de Richard Osborne à la Barclays Bank.

– Qu'ai-je à voir là-dedans ?

– C'est en effet ce que je me suis demandé, docteur, lorsque j'ai retrouvé cet argent placé à votre nom sur un compte numéroté à la City Bank de l'île Caïman.

– Billevesées !

L'inspecteur Buckingham adressa un signe à Ange Bastianoli qui se leva, l'air embarrassé.

– Excusez-moi, docteur, balbutia-t-il, mais j'ai dû me mettre à table. L'inspecteur me menaçait de me foutre Interpol au cul.

– Salaud ! rugit le médecin.

L'inspecteur Buckingham leva une main apaisante.

– Évitons mesdames et messieurs les propos violents. Et remontons ensemble cette passionnante filière. Nous disons donc que les 420 000 livres qui s'étaient évaporées du compte londonien de Richard Osborne se sont retrouvées au nom de Bert Hilson sur un compte de la City Bank à l'île Caïman. Cette banque avait été ouverte quelques jours avant le virement de cette somme par Ange Bastianoli, moyennant, m'a avoué ce dernier, dix pour cent du magot. Vous avez fait connaissance de ce barman – un repris de justice recherché par la police française – au Black and White où vous avez été vu plusieurs fois en conversation animée avec lui.

– Je discutais ferme, intervint Ange Bastianoli. Le docteur ne me proposait que cinq pour cent. C'était peu. En marchant dans sa combine, je courais le risque de ne pas retrouver mon emploi de barman.

Phillys Closter intervint à son tour.

– Qu'est-ce qui vous permet, inspecteur, de prétendre que cet argent provient du compte de Richard Osborne ?

L'inspecteur Buckingham se tourna vers Deborah Osborne.

– Je sollicite votre témoignage, madame, comme vous me l'avez promis.

La veuve se leva en réprimant un sanglot.

– Ça n'est pas un simple témoignage, c'est un aveu ! balbutia-t-elle. Je m'inquiétais depuis longtemps de voir mon mari dilapider notre fortune en dons divers à des créatures. Il avait en particulier fait un testament en faveur de Mlle Cynthia Lemon, ici présente. Bien qu'il eût rompu avec elle, il n'avait pas révoqué son legs. Allait-il assécher le reste de son compte en banque pour les beaux yeux d'une nouvelle élue ? Pour conjurer le péril, et sur les conseils de Phillys Closter, dont j'ignorais qu'elle était devenue la maîtresse de mon mari, j'ai décidé de virer tout cet argent en Suisse sur un compte numéroté dont j'avais seule le secret. Cela m'était possible car j'avais procuration sur le compte de mon mari à la Barclays. J'ai donc signé deux ordres de virements que j'ai remis à Mlle Closter. L'un mentionnant un virement de 420 000 livres à un compte numéroté au Crédit Commercial de Lucerne. L'autre en blanc.

– Pourquoi en blanc ? demanda l'inspecteur Buckingham.

– Pour le cas où mon mari se serait aperçu de la disparition de son argent et aurait cherché à le récupérer. Je l'aurais aussitôt fait virer à une autre banque, la plus lointaine et discrète possible. J'en laissais le choix à Mlle Closter qui s'y connaît mieux que moi en affaires. Il y avait d'ailleurs peu de chance que mon mari s'avise avant longtemps que son compte à la Barclays avait été vidé. Il ne consultait ses relevés que deux ou trois fois par an.

– Mais il les consultait quand même, fit observer l'inspecteur Buckingham.

– Il l'avait fait il y a deux mois.

– Il pouvait donc recommencer incessamment. Il fallait absolument escamoter l'argent. C'est à quoi s'est employée Mlle Phillys Closter, qui grâce à votre ordre de virement en blanc fait disparaître tout cet argent dans un compte ouvert au nom de son amant, Bert Hilson, à l'île Caïman. Et pour que Richard Osborne ne s'aperçoive de rien, elle jugea que le mieux était de l'envoyer rejoindre Shakespeare et Dickens au paradis des écrivains !

Phillys Closter se leva impétueusement.

– Vous n'allez pas dire, inspecteur, que j'ai assassiné mon patron et bienfaiteur !

– Et votre amant !

– Quelle est cette nouvelle invention ?

L'inspecteur Buckingham tira une liasse de papiers de sa serviette.

– Plusieurs documents le prouvent. D'abord un testament par lequel Richard Osborne vous destinait un legs de deux cent mille livres et qui annulait une version précédente, où figurait un legs de la même somme en faveur de Cynthia Lemon. J'ai tiré un double de ce document, qu'Osborne avait enregistré sur sa « disquette personnelle ». Il vous avait simplement parlé de ce testament sans le déposer chez le notaire. Bizarre, n'est-ce pas ? C'est que le pauvre homme commençait à soupçonner que vous le trompiez comme en attestent les extraits que voici de son journal. Il vous avait fait suivre par un détective, qui vous avait surprise en compagnie de Bert Hilson. Il vous l'avait reproché et avait menacé d'annuler le testament en votre faveur.

– C'est du roman ! s'exclama Phillys Closter. Je n'ai jamais été la maîtresse de Richard Osborne.

– Vous étiez très prudente. Vous couchiez avec lui dans son bureau. De sorte que sa femme le voyant rester le soir au coin du feu pensait qu'il n'avait pas de liaison. Mais vous êtes tout de même partie avec lui en week-end. Voici deux factures d'un hôtel de Brighton où vous avez passé quelques nuits ensemble. Désirez-vous qu'on vous confronte avec la réceptionniste de cet hôtel ?

Anéantie, Phillys Closter garda le silence.

– S'il subsistait encore un doute, le bracelet en or représentant un serpent qui se mord la queue, que vous portez au poignet gauche, vous dénoncerait. Voici la facture du bijoutier de Brighton où il a été acheté par Richard Osborne. Il l'avait conservée.

Phillys Closter tira la manche de sa veste sur le bracelet accusateur, cacha sa tête dans ses mains et fit mine de sangloter.

– Devant la menace de résiliation du testament établi en votre faveur, continua l'inspecteur Buckingham, implacable, vous avez donc décidé une double opération : vider le compte en banque de votre vieil amant au profit du plus jeune, Bert Hilson, faire ensuite passer Richard Osborne de vie à trépas afin qu'il n'ait pas l'occasion de s'apercevoir de la disparition de son argent.

Bert Hilson se leva impétueusement.

– J'avoue avoir été complice de ce virement coupable. Mais j'ignore tout du crime qu'a pu commettre Phillys.

– Il vous faudra le prouver devant les tribunaux. Quoi qu'il en soit, j'imagine que vous auriez pu être la troisième victime de Mlle Closter.

– La troisième victime ?

– Oui. Car Phillys Closter n'a pas seulement assassiné Richard Osborne. Elle a aussi tué Rupert Schuston. Je pense que vous auriez tôt ou tard partagé leur sort.

À ce moment-là, Phillys Closter prit le parti de s'évanouir.

Bert Hilson tapotait les mains de Phillys Closter pour la faire revenir à elle. Mais le major Ronson l'écarta et administra d'une main ferme deux soufflets à la jeune femme. Ce traitement eut un effet miraculeux : elle ouvrit les yeux.

– Je suis innocente, souffla-t-elle.

L'inspecteur Buckingham reprit son exposé d'une voix placide comme s'il ne s'était rien passé.

– Pour tuer Richard Osborne, mademoiselle Closter, vous avez procédé en deux temps. Vous avez d'abord au Salon du Livre d'architecture ajouté dans le verre contenant de la Cordarone, calmant du cœur que Mme Osborne avait préparé à l'intention de son mari, une forte dose d'Isuprel, un accélérateur cardiaque. C'est le docteur Bert Hilson qui vous avait procuré cette drogue. J'espère qu'il aura la prudence de ne pas le nier.

Le médecin baissa la tête et garda le silence.

– Ensuite, mademoiselle, vous avez perfidement glissé à l'oreille de Richard Osborne qu'il avait gagné le Booker Prize. Cette nouvelle extraordinaire à laquelle il ne s'attendait pas l'a bouleversé. C'est ce choc nerveux qui a provoqué son coma mortel. J'imagine que vous aviez auparavant consulté le docteur Bert Hilson sur le résultat probable de ce mélange de drogue et d'émotion.

À nouveau, le médecin ne souffla mot.

– Vous n'avez aucune preuve, balbutia Phillys Closter.

L'inspecteur Buckingham tira de sa serviette une nouvelle feuille de papier.

– Voici la lettre qu'a adressée il y a quelques jours au Major Ronson, mademoiselle Ann Joggler, ici présente. Je rappelle qu'elle était l'hôtesse de service auprès de Richard Osborne.

« Monsieur le Major,

« Je vous écris pour vous faire un terrible aveu. Je suis une voleuse. Quand j'ai constaté que M. Osborne était inanimé, j'ai subtilisé sur sa table une feuille couverte de son écriture. Je voulais un autographe de ce grand écrivain. Je les collectionne. Mais l'inspecteur Buckingham m'a fait savoir qu'une enquête était ouverte. La mort de Richard Osborne n'aurait pas été naturelle. Je crois donc utile de vous faire parvenir à toutes fins utiles cette lettre que j'ai subtilisée. Il était en train de l'écrire quand il a perdu connaissance. »

« Ann Joggler. »

– Le texte de cette lettre inachevée est le suivant, continua l'inspecteur en tirant une autre feuille de sa serviette : « *Ma chère maman. La joie me suffoque. Je viens d'apprendre par ma secrétaire que j'ai reçu le Booker Prize. Je ne m'y attendais pas. C'est pour moi...* » La lettre s'arrête là.

Phillys Closter essaya de se déchirer le visage avec ses ongles.

– Passez-lui les menottes, ordonna le major Ronson aux deux policiers qu'il avait convoqués.

– Je n'ai pas tué Rupert Schuston ! beugla la jeune femme.

– Vous pourrez toujours le plaider devant le tribunal,

dit l'inspecteur Buckingham. Je reconstitue votre crime de la façon suivante. Quand vous avez vu, qu'atteint à l'épaule par les plombs maladroits de Mme Osborne, M. Schuston tournait sur lui-même et qu'en même temps Mme Munington virait aussi sur elle même pour suivre un faisan de son canon, vous avez, dans un éclair, comme il en surgit parfois dans le cerveau d'un criminel, décidé de tirer sur Schuston afin de faire reposer la suspicion de ce meurtre sur la femme de l'homme politique. Ainsi vous faisiez aussi peser sur elle le soupçon d'avoir assassiné Richard Osborne et vous étiez par là-même couverte. Pour mieux accabler Nancy Munington, vous avez jeté le manuscrit d'Osborne, qui risquait de déshonorer son mari dans les douves du château. Vous aviez vous-même forcé le secrétaire où il était enfermé, pendant que Nancy Munington gisait à demi inconsciente dans la salle de bains voisine du bureau de Rupert Schuston. Vous avez malheureusement commis l'imprudence d'envelopper le manuscrit dans la serviette de toilette avec laquelle vous avez bassiné son visage. Elle était tachée du rouge à lèvres de Mme Munington, un rouge à lèvres français très coûteux d'Yves Saint-Laurent comme l'a montré l'analyse que j'ai demandée.

L'inspecteur Buckingham s'empara du sac de Nancy Munington, l'ouvrit et en tira un tube de rouge à lèvres.

– Le voici. C'est ce rouge qui tâchait la serviette.

Phillys Closter agita désespérément ses mains menottées.

– Ce n'est pas moi qui ai tiré de coup mortel sur l'éditeur, c'est madame Osborne, clama-t-elle d'une voix furibonde.

– Nous savons qu'il s'agit d'une femme. Toutes les femmes avaient du calibre 16. C'est avec une arme semblable qu'on a tiré sur Rupert Schuston. L'autopsie l'a démontré. Ce n'est pas Mme Osborne d'après le témoignage du garde-chasse. Elle n'a tiré que le premier coup, celui qui a blessé l'éditeur à l'épaule. Ce n'est pas non plus Nancy Munington comme vous espériez le faire croire. On a fini par retrouver le faisan sur lequel elle disait avoir tiré. Il s'est abattu assez loin, ce qui explique qu'on ne l'ait pas découvert tout de suite. Il ne reste donc que vous, mademoiselle Closter. Malheureusement, on n'a pas découvert le faisan sur lequel vous prétendiez avoir fait feu.

– Je l'ai raté.

– L'impact des plombs sur la tête de Rupert Schuston montre qu'ils ont été tirés de votre côté. Il avait tourné sur lui-même après avoir été blessé par la maladresse de Mme Osborne. Enfin l'analyse balistique montre que les plombs proviennent de votre fusil.

– J'avais le même fusil que Mme Munington, protesta Phillys Closter.

– Inutile de vous agiter, dit l'inspecteur, nous verrons tout cela à la reconstitution du crime.

– Passez aussi les menottes au docteur Bert Hilson, ordonna le major Ronson. Il est sans doute complice du crime contre Richard Osborne et du détournement des 420 000 livres.

Le médecin tendit avec résignation ses poignets.

– Inspecteur, puis-je vous poser une question ? se risqua-t-il, la voix brisée.

– Posez, docteur, posez, puisque c'est notre dernier entretien.

– Pourquoi disiez-vous que j'aurais pu être la troisième victime de Phillys ?

– Parce que j'ai l'impression que cette demoiselle n'est pas partageuse. Elle aurait certainement un jour ou l'autre fait disparaître Deborah Osborne. Sinon, celle-ci aurait fatalement demandé à récupérer son argent. Et elle vous aurait probablement réservé le même sort afin de jouir toute seule de la fortune dérobée à Osborne.

– Qu'est-ce qui vous permet, inspecteur, de nourrir un si effroyable soupçon ?

– Puis-je à mon tour, docteur, vous poser une question : Phillys Closter ne vous aurait-elle pas demandé de rédiger un testament en sa faveur ?

– Oui, inspecteur, avoua le médecin d'une voix songeuse où perçait une note de terreur.

Cet ouvrage a été réalisé par la
SOCIÉTÉ NOUVELLE FIRMIN-DIDOT
Mesnil-sur-l'Estrée
pour le compte des Éditions du Rocher
en décembre 1994

Éditions du Rocher
28, rue Comte-Félix-Gastaldi
Monaco

Imprimé en France
Dépôt légal : décembre 1994
CNE section commerce et industrie Monaco : 19023
N° d'impression : 28826